Éditions En Chair & en Encre
Relecture et corrections : Lis & Rature
Réalisation de la couverture : Nèl Tinta-Négra (sur la
base d'une photo de Clarke Sanders).
Dépôt légal : Février 2022
Première édition : Février 2022
N° ISBN : 9798414078302
Copyright : Nèl Tinta-Négra

Nèl Tinta-Négra

Fanm sé chatenn [Keli]

Éditions En Chair & en Encre

www.neltintanegra.fr

« *Fanm sé chatenn, nonm sé fwiyapen…* »

Proverbe antillais.

***

À ma première lectrice et supportrice numéro 1, tout ce que je suis, je te le dois, alors mille fois merci, Maman.

À mes encriers sans qui rien de tout cela n'aurait été possible. Merci pour vos critiques et suggestions, mais aussi pour votre fidélité et toutes les bonnes vibrations que vous m'envoyez depuis le premier jour. J'espère toujours m'en montrer digne.

À Toi, qui crois en moi même quand je n'y crois pas moi-même. Si seulement tu pouvais prendre conscience de toute la force que tu me donnes en dépit des tempêtes…

I

La juge Deproge était assise derrière son grand bureau en chêne massif, le dos bien droit, le regard fixe, la mine sévère. Elle écoutait attentivement la plaidoirie de Maître Calvin dont les qualités d'orateur étaient indéniables. À ses côtés, Keli tentait de réprimer des soupirs d'agacement, suppliant intérieurement ses yeux de ne pas s'aventurer vers le plafond à chaque nouvelle phrase de son confrère. En vérité, elle était agacée depuis le matin. Monica, son assistante lui avait envoyé un texto l'informant que Maître Calvin remplacerait Maître Mba, l'avocat initialement prévu sur cette affaire et il se trouvait qu'elle n'aimait pas l'écouter plaider et encore moins le regarder faire. Sur ce point, elle était probablement la seule car Maître Christopher Calvin, plus communément appelé Chris, était d'une beauté troublante.

Du haut de son mètre quatre-vingt-cinq, il arborait un superbe teint brou de noix et un sourire ravageur qui en hypnotisait plus d'une. Il avait une véritable carrure d'athlète et était toujours habillé avec goût, malgré la quasi-omniprésence de sa robe d'avocat. Ses cheveux crépus, d'un noir de jais, étaient toujours impeccablement taillés, tout comme sa barbe. Indépendamment de son physique avantageux, Chris était surtout doué dans son métier. Il réfléchissait extrêmement vite et était toujours prompt à trouver les failles susceptibles de lui permettre de gagner. D'une incroyable mauvaise foi, il affichait un savant mélange de charme et d'arrogance qui exaspérait Keli au plus haut point et ça, il le savait et en jouait.

C'est ainsi qu'il poursuivit son long monologue presque théâtral, alors même que les détails de cette affaire avaient été quasiment tous réglés lors des audiences précédentes. De plus en plus agacée par toute cette esbroufe, Keli finit par intervenir :

-        Est-ce que Maître Calvin a l'intention de s'écouter parler encore longtemps ou pensez-vous que nous pourrons en finir avant le souper ?

La juge Deproge ouvrit des yeux ronds.

-        Maître Norram, vous m'avez habituée à plus de retenue que cela ! s'exclama-t-elle, surprise.

-        C'est que je ne comprends pas où Maître Calvin veut en venir avec son descriptif interminable de faits que nous connaissons déjà.

Je suis admirative qu'il ait pu apprendre par cœur, en si peu de temps, tous les détails d'un dossier qui n'était initialement pas le sien, mais enfin pas de quoi lui décerner une médaille non plus! Et puis aller à l'essentiel est aussi une qualité respectable chez un avocat…

Chris sourit, puis, plongeant son regard dans celui de la juge Deproge, lâcha, taquin :

- Je constate que cette affaire semble faire écho au récent divorce de madame Norram… Ou devrais-je dire mademoiselle du coup ?

- C'est Maître Norram, rectifia Keli d'une voix ferme.

- Serait-ce ce souvenir encore vif qui engendrerait une telle contrariété chez elle ? poursuivit Chris sans quitter la juge du regard.

La juge Deproge contint un sourire et se contenta de signifier à Chris que ses propos étaient déplacés et que si Maître Norram n'avait plus rien à ajouter, il serait opportun de clore les débats dès à présent. Keli acquiesça et entreprit de ranger son dossier dans son immense cabas de cuir noir. Chris, lui, s'était déjà levé, son dossier sous le bras gauche, attrapant la main de la juge Deproge comme s'il s'apprêtait à lui faire un baise-main.

Keli l'en savait capable et détourna le regard, mais il n'en fit rien, se contentant d'agiter doucement cette main fine et ridée et de sortir après avoir souhaité une agréable journée à la magistrate. Keli s'apprêtait, à son tour, à quitter la pièce, lorsque la juge la rappela.

Viviane Deproge était âgée de soixante-quatre ans. Mince, de taille moyenne, elle arborait un éternel carré blond élégant et des tenues entrant assurément dans la catégorie des intemporels chics. Tout dans son physique et son attitude transpirait la vieille famille bourgeoise bordelaise. Toutefois, son sens des convenances était régulièrement mis à mal par son redoutable franc-parler qui en avait déjà fait suer plus d'un. Cette femme n'avait aucun filtre et Keli était une des rares personnes à ne pas la craindre, très probablement parce qu'elles se connaissaient depuis longtemps, et aussi un peu parce qu'elles étaient de la même trempe : inébranlables.

-       Le greffe m'a fait remarquer que nous n'avions toujours pas reçu vos conclusions concernant le dossier Caretti. Cela m'étonne de vous, dit la magistrate sans lever les yeux des quelques lignes qu'elle était en train d'écrire, armée d'un stylo-plume argenté de luxe.

Keli fronça les sourcils.

-       Ah oui ? C'est étonnant. Je les ai rédigées il y a longtemps pourtant et Monica est très consciencieuse. Je vais lui en parler, vous recevrez tout cela dans l'après-midi madame le juge.

-       Parfait, répondit la magistrate en réajustant ses lunettes.

-       Puis-je disposer Madame le juge ? demanda Keli, sur le départ.

Son interlocutrice marqua un temps d'arrêt, déposa son stylo et plongea son regard azur dans celui de Keli.

-       Je n'ai jamais beaucoup respecté les avocats, commença-t-elle le plus naturellement du monde. Je les trouve insipides, pédants et rarement compétents. La plupart d'entre eux me font l'effet d'acteurs ratés reconvertis dans la mauvaise foi juridique.

Keli esquissa un sourire.

-       Mais vous, poursuivit-elle, vous mon petit, vous êtes douée. Une excellente avocate comme j'en ai rarement vu, surtout si jeune. Vous êtes intelligente, organisée, claire, concise. Vous savez vous tenir, mais en même temps vous savez vous imposer. Vous n'avez peur de rien et j'aime ça. D'ailleurs, vous pourriez être ma fille si j'avais jugé utile de pondre un gamin.

\- Merci madame la Présidente, répondit Keli en enfonçant ses ongles dans son poignet pour ne pas éclater de rire.

\- Seulement il y a une chose que je ne m'explique pas, reprit Viviane Deproge. Qu'est-ce qui a bien pu passer dans votre esprit pour quitter un homme pareil ? Non mais vous l'avez vu ? Avec son physique de mannequin… et puis s'il fait l'amour aussi bien qu'il plaide, alors je ne sais définitivement pas pourquoi vous avez divorcé de Chris Calvin !

Keli cligna des yeux, sidérée par cette remarque. Elle avait beau connaître et pratiquer le personnage depuis des années, elle se trouva malgré tout sans voix. La magistrate, elle, eut l'air satisfaite de l'effet produit et signifia à l'avocate qu'elle pouvait quitter son bureau. Keli lui souhaita donc une bonne journée et sortit, fermant doucement la porte derrière elle.

***

\- Elle t'a dit ça texto ?! s'exclama Louise, hilare, en reposant sa fourchette sur son plateau.

-       Ça te surprend vraiment ? marmonna Keli.

-       En même temps, c'est vrai que Chris est canon ! rétorqua Louise.

Keli leva les yeux au ciel. Louise, elle, lui adressa un sourire espiègle. Elles travaillaient ensemble et s'étaient tout de suite bien entendues. Louise Cassin était douce et pondérée, ce qui tranchait totalement avec la personnalité de Keli. Pourtant, elles s'étaient vite trouvées beaucoup de points communs et notamment leur passion pour la mode…et l'humour trash. Louise était très élégante, quoique très classique. Fine et élancée, elle arborait un carré court châtain très moderne et avait des yeux bleus rieurs, presque translucides. Elle avait rejoint, deux ans auparavant, le cabinet qu'avaient monté ensemble Keli et Chris. Ce dernier en était parti suite à leur divorce.

Le couple s'était connu sur les bancs de la fac de droit et étaient restés mariés dix ans. Eh oui, dix! Chris et Keli étaient devenus avocats ensemble, avaient monté leur premier cabinet ensemble et n'avaient pourtant pas fini ensemble, contrairement à ce que tout le monde aurait pensé.

Un jour, Keli avait tout simplement demandé le divorce, sans que personne d'autre qu'elle et son ex-mari ne sache pourquoi. Il avait espéré un temps qu'elle changerait d'avis, mais Keli était têtue et elle ne fit jamais marche arrière. Chris avait donc quitté le cabinet, lui laissant ses parts ainsi que la maison qu'ils avaient achetée ensemble. Il avait disparu plusieurs semaines, puis était réapparu avec un nouveau cabinet, ouvert avec son ami Cédric Kerouac, un jeune métis élevé en région parisienne et d'une arrogance presque égale à la sienne. Keli n'était pas une grande fan de Cédric qu'elle surnommait Maître KB White, pour « *Kinder Bueno White* ». Elle avait décidé de l'appeler comme ça car elle estimait que Cédric, issu de l'union d'une Martiniquaise et d'un Breton, se comportait plus en Breton qu'en Martiniquais. Cédric savait qu'elle l'avait renommé ainsi puisqu'elle ne s'en cachait même pas. En retour, lui l'avait rebaptisée « *La harpie* », prenant fait et cause pour son ami et associé.

Louise regarda les auditeurs de justice entrer dans le réfectoire du tribunal. Dans un souci d'organisation, les élèves de l'école nationale de la magistrature n'étaient autorisés à entrer qu'à partir de 12h30. C'était une manière de laisser la priorité au personnel des différentes antennes du tribunal qui auraient des audiences et autres obligations ne permettant pas de traîner durant la pause déjeuner. Louise et Keli se faufilaient généralement vers midi afin d'éviter la cohue.

Louise aimait déjeuner là pour sociabiliser. Keli, elle, trouvait la nourriture mauvaise, à l'exception des frites, et n'appréciait pas du tout le numéro d'hypocrisie qu'elle estimait y régner.

Louise sursauta. Le téléphone de Keli, posé sur la table, vibrait avec acharnement. Keli jeta un œil et ignora l'appel. Mais l'appareil n'avait pas dit son dernier mot et persistait.

- Tu ne vas pas répondre ? demanda Louise.

- Ma sœur, dit Keli en guise d'explication.

- Oh, fit Louise en grimaçant.

- Elle veut savoir si je viendrai accompagnée à son fichu mariage et elle me tanne pour que j'accepte de porter une robe verdâtre immonde. Même pas en rêve.

Louise éclata de rire. Le téléphone cessa de vibrer, puis reprit de plus belle.

- Mon Dieu c'est ma mère cette fois ! se désola Keli.

- T'abuses, réponds !

- Non, elle me saoule à cautionner les délires de Joanna. On jurerait qu'elles préparent un mariage princier.

Louise sourit et tenta à nouveau de convaincre sa collègue de répondre, en vain. Le petit appareil cessa de vibrer quelques instants et reprit à nouveau. Cette fois, c'était Patrick Norram, le père de Keli et Johanna. Passer par lui était la seule manière d'obliger la jeune femme à répondre, sa mère le savait parfaitement.

- Oui papa ! Que veulent la Reine mère et la princesse Caprice première ? lança Keli, en décrochant.

- Tu les connais bien ma parole ! s'exclama son père, amusé. Ne tire pas sur le messager, je veux juste savoir ce que tu as décidé pour ton cavalier et pour la robe, Soleil.

- Je viendrai avec une femme. J'ai renoncé aux hommes. Quant à la robe je préfère venir nue que porter cette horreur.

- *Comme si elle était capable de supporter une autre femme qu'elle !* entendit Keli en fond sonore. *Par contre elle est bien capable de venir nue juste pour m'emmerder !*

- Tu vois pourquoi je ne décroche pas quand ta femme appelle ? répondit Keli. Elle est désagréable même quand ce n'est pas à elle que je parle. Bon, à plus papa, je ne suis pas d'humeur à me disputer avec elle.

- Je te rappelle plus tard, Soleil, et sois plus gentille avec ta mère. Bisous, je t'aime.

- Moi aussi je t'aime… mais ne m'en demande pas trop.

Keli raccrocha, termina son repas et quitta le réfectoire, Louise sur ses talons. Elles avaient toutes les deux des audiences cet après-midi et Keli devait appeler son assistante pour cette histoire de conclusions manquantes. Le reste de la journée se déroula ainsi dans l'effervescence du palais de justice et des nombreux coups de fils et mails auxquels Keli devait répondre. Elle était d'ailleurs encore en train de pianoter sur son smartphone lorsqu'elle entra chez elle, balança ses escarpins dans un coin, et verrouilla la porte à double tour.

- Salut ma tigresse.

Keli sursauta. Chris se tenait face à elle, dans la pénombre, torse nu.

- Bordel ! Chris ! Tu dois arrêter de faire ce genre de choses ! s'écria-t-elle, furieuse.

- Quelles choses ? Te servir du vin ? demanda t-il innocemment, un verre de Jurançon dans la main.

C'était le vin préféré de Keli. Il la connaissait décidément beaucoup trop bien.

- Rentrer chez moi sans y avoir été invité, rétorqua-t-elle.

- Alors invite moi et je cesserai d'entrer sans ta permission.

- L'intérêt d'avoir divorcé n'est pas de te trouver chez moi tous les jours.

- C'est toi qui as demandé le divorce, pas moi, répondit-il en haussant les épaules. Si ça ne tenait qu'à moi, on serait toujours mariés. Et puis je n'étais pas là hier, ni avant-hier, ni avant-avant-hier d'ailleurs.

Keli leva les yeux au ciel, s'emparant du verre dont elle savoura deux gorgées qui tombaient, en réalité, à point nommé.

- Tu devrais aller rendre visite à la mère Deproge, elle est totalement fan de toi.

Chris se mit à rire tout en lui prenant le verre des mains. Il en but une gorgée avant de le déposer sur le comptoir contre lequel elle se tenait et s'avança de sorte qu'elle se retrouva coincée entre son torse musclé et le meuble séparant le salon de la cuisine ouverte.

-       T'es belle, murmura-t-il.

Keli sourit. Chris savait toujours quoi dire et elle, elle ne savait pas lui dire non. Il était à la fois la personne qu'elle préférait sur terre, après son père, et celle qui l'agaçait le plus vite…après sa mère.

-       Chris, arrête ça et sors de chez moi. Tu sais très bien que ce n'est pas sain tout ça. Ni pour toi, ni pour moi. Et puis j'ai passé une sale journée. D'autant que je n'ai pas du tout apprécié ta réflexion idiote avec Deproge ce matin.

Chris cessa de sourire, plongeant son regard dans celui de Keli. Elle continua à parler encore un peu, devenant subitement nerveuse, puis il lui coupa brusquement la parole :

-       En missionnaire dans la chambre ou en levrette dans la cuisine ? lâcha-t-il alors.

Keli se mit à rire. Il avait toujours été d'une franchise déconcertante et c'était loin de lui déplaire. Elle se figea quelques instants, semblant réfléchir à quelque chose. Lorsqu'elle leva à nouveau les yeux vers lui, elle s'aperçut qu'il la fixait toujours, immobile, le souffle court. Il plissa le front comme pour rappeler à la jeune femme qu'il attendait une réponse et qu'il ne bougerait que lorsqu'il l'aurait.

-       Comme si tu ne le savais pas, finit par répondre Keli, faisant glisser sa robe sur le sol.

II

-       Toi, tu as passé la nuit avec Chris, lança Abi, un sourire en coin.

-       Qu'est-ce qui te fait dire ça ? demanda Keli en tirant sa chaise pour s'installer en face d'elle.

-       Tu as la tête d'une personne qui a festoyé au champagne toute la nuit alors qu'elle avait juré de ne plus boire et de se coucher tôt. Un mélange de satisfaction et de culpabilité.

-       N'importe quoi.

-       En tous cas, je note que tu ne nies pas.

Keli fixa quelques instants sa meilleure amie avant d'éclater de rire. Abigail Romain était la filleule de Patrick Norram, le père de Keli. De ce fait, elles se connaissaient depuis toujours et n'avaient aucun secret l'une pour l'autre. Du moins à l'exception d'un.

-       C'était bon au moins ? reprit Abi.

-       Toujours ! répondit Keli, un petit sourire lubrique sur les lèvres.

- Tant mieux alors. Seulement je crois qu'il est vraiment temps d'arrêter. Ce n'est pas sain, surtout pour lui.

- Depuis quand tu apprécies Chris toi ?

- Bah en vérité je l'adore, mais tant que tu refuses de me révéler les causes de votre divorce, à moi, ta meilleure amie, je pars du principe qu'il est fautif et, solidarité oblige, s'il t'a fait quelque chose, alors je me dois de le détester.

- Logique.

Les deux jeunes femmes se remirent à rire. Le serveur arriva à cet instant, prit leur commande et repartit aussi discrètement qu'il était arrivé.

- Donc je disais, reprit Abi, que tu devrais vraiment passer à autre chose.

- Tiens donc… Et je parie que tu as justement la solution, je me trompe ?

- Tout à fait. Tu dois coucher avec quelqu'un d'autre.

- Pourquoi faire ? demanda Keli, intriguée.

- Pour passer à autre chose, je viens de te le dire !

-      C'est quoi encore ce délire ? C'est pour briser la chaîne de la coucherie ? ironisa Keli.

-      Parfaitement. T'es avec ce mec depuis si longtemps que ça détraque ton sens de la logique. À croire que c'est ta koukoun qui commande ta tête !

Keli feignit d'être outrée, puis elles se mirent à rire. Abi était d'une franchise déconcertante pour tous ceux qui ne la connaissaient pas. Petite de taille, elle avait la peau dorée et de longues locks ébènes qui venaient rebondir au rythme de ses pas, jusqu'à sa chute de rein qui en hypnotisait plus d'un. Abi était pulpeuse, fière de l'être et dégageait une attractivité sans bornes. Keli n'avait jamais rencontré une personne plus sûre d'elle et c'était justement cette force et cette assurance qui avaient maintenu l'avocate debout aux heures les plus sombres de sa vie.

-      Et dans ton plan, là, je suis censée trouver un mec où ? Et ne me parle pas du Palais parce que les vieux magistrats ridés et les avocats coincés c'est pas mon truc.

-      Chris n'a pas l'air coincé en tous cas !

-      Kyiiiip ! lâcha Keli avant de partir dans un autre éclat de rire.

-       Quoi « *tchip* » ? Tu sais que j'ai raison, vilaine pécheresse.

-       C'est vrai que tu es la chasteté incarnée toi….

Abi afficha un sourire malicieux, puis reprit :
-       Les sites de rencontres ma fille ! C'est là qu'il y a du choix.

-       Pour tomber sur un négrophile ou finir enterrée dans une forêt, voire les deux ? Non merci.

-       Pff ! Parce que tu crois que c'est plus fiable quand tu rencontres un mec en boîte ou dans la rue ? Va dire ça aux nanas qui ont simplement découvert un matin qu'elles avaient épousé un serial killer !

-       Toi tu sais rassurer les gens !

-       Inscris-toi ! Je ne t'ai pas dit de chercher le grand amour, juste de tirer un coup avec quelqu'un d'autre.

-       Non merci ma chère, je laisse ma place à d'autres.

Le serveur revint avec leur commande et elles commencèrent à manger en silence.

-       Au fait, t'as des nouvelles de Mia ? demanda Abi en attrapant le sel.

Keli tressaillit. Elle n'avait pas entendu ce prénom depuis des mois et l'enchaînement de cette conversation était particulièrement troublant. Pourquoi Abi parlait-elle subitement de Mia ? Et pourquoi juste après avoir évoqué Chris ? Savait-elle quelque chose ? Non, impossible. Enfin, sauf si Mia lui avait raconté quelque chose avant de partir, ce qui la surprendrait assez.

-       Non, finit par répondre la jeune femme. Mais pourquoi tu me parles de Mia juste après m'avoir fatiguée avec Chris ?

-       Bah je pensais à elle ce matin et là je viens de me rendre compte que la dernière fois que je l'ai vue, c'était avec Chris.

-       Pardon ?!

Keli manqua de s'étouffer. Abi, qui tripotait son téléphone, ne s'aperçut pas de son trouble. Elle fronça les sourcils, pensive, puis répondit :

-       Oui, c'était à l'anniversaire de Jordan.

-       Tu y étais toi ? s'étonna Keli.

-        Je ne suis pas restée longtemps. Peut-être une heure. Quand j'ai vu que tout le monde était déjà *tchad* aussi tôt, j'ai préféré partir. J'ai passé l'âge pour ce genre de trucs. Et puis mon plan cul m'attendait, poursuivit-elle le regard pétillant.

-        Anw... OK.

Keli se tut, perturbée par cette conversation, mais elle devait donner le change pour ne pas éveiller les soupçons. Quoi qu'il advienne, personne ne devait savoir ce qui s'était passé avec Mia. Même pas sa meilleure amie. Chris ne s'en remettrait pas. Keli se mit donc à questionner Abi sur sa nouvelle conquête, faisant de son mieux pour avoir l'air sereine. Pourtant, elle savait parfaitement qu'elle ne le serait jamais plus vraiment.

***

Chris ouvrit brusquement les yeux, tétanisé. Assise à sa droite, Keli le regardait avec un mélange de surprise et d'inquiétude. Une fois de plus, elle avait trouvé son ex-mari chez elle en rentrant de sa journée shopping avec Abi et une fois de plus, elle lui avait cédé sans réelle résistance. Il n'était que dix-neuf heures, mais Chris était tombé de sommeil peu de temps après leurs ébats et Keli en avait profité pour relire un dossier.

-	Tu recommences à faire des cauchemars ? souffla-t-elle, inquiète.

-	Non.

Keli plissa les yeux, incrédule. Chris avait le front en sueur et l'air totalement désorienté. Elle savait qu'il mentait, mais elle ne dit rien. Enfin techniquement, ce n'était pas vraiment un mensonge puisque pour recommencer à faire des cauchemars, il fallait déjà que ceux-ci se soient arrêtés un jour. Chris avait le sommeil agité depuis l'enfance, mais il avait aussi appris à donner le change. Son ex-femme était la seule personne de son entourage à le savoir, même si, en réalité, elle n'avait aucune idée de l'étendue des horreurs qui peuplaient ses nuits et plus largement, son esprit.

-	Je ne dormais pas, rétorqua Chris, devinant le scepticisme de Keli.

-	Pff, c'est ça oui! Tu t'es endormi tout de suite après le troisième round. Tu m'as habitué à mieux. On commence à se faire vieux ? demanda Keli, hilare.

-       Tu veux qu'on se fasse une partie de palet, histoire que je te montre qui est fatigué ici? Une raclée ne te ferait pas de mal. Je te prends quand tu veux, ma petite.

-       Hum… Tu me prends quand je veux… Au jeu ou sur la table de palet ?

-       Au jeu. Je doute que la table puisse supporter des fesses pareilles !

Chris partit dans un grand éclat de rire, tandis que Keli, outrée, le frappa au visage avec un oreiller. Le jeu du palet, également appelé hockey sur table, était leur petite distraction à tous les deux depuis leur premier rendez-vous. Ils y avaient joué dans une salle d'arcades, en sortant du cinéma et en étaient devenus tellement fans que ce fut la première chose qu'ils choisirent d'acheter en aménageant dans cette maison. Les anciens époux étaient animés par un esprit de compétition tel que leur entourage se tenait soigneusement à l'écart d'eux dès qu'ils entamaient le moindre jeu.

Chris rejeta l'énorme couette d'hiver que son ex-femme affectionnait tant, se leva et traversa la pièce à la recherche de son boxer. Keli, elle, se délectait du spectacle, le sourire aux lèvres. Il avait toujours été musclé, mais était désormais moins sec que lorsqu'ils s'étaient connus.

Leur premier véritable contact avait eu lieu un peu avant le début d'un cours de droit pénal international, alors que la jeune femme tentait de se frayer un chemin dans un amphithéâtre bondé et que Chris, lui, cherchait à en sortir pour rejoindre un de ses amis qui l'avait averti, par texto, qu'il avait de la bonne weed à disposition. À cette époque, Chris était constamment défoncé et séchait quasiment tous ses cours pour aller traîner avec ses amis ou visiter la chambre universitaire de toutes les étudiantes qui tombaient sous son charme. Keli, obstinément studieuse, le connaissait de vue et de réputation, et cela lui suffisait amplement. Il avait essayé à plusieurs reprises d'établir le contact avec elle, mais elle le regardait à peine et le rembarrait à chaque occasion. Lorsqu'il avait croisé sa route dans l'escalier de l'amphithéâtre, il lui avait pris la main et lui avait proposé d'aller passer du bon temps ensemble loin de cette cohue. Elle s'était contentée de retirer sa main et de le tchiper avant de continuer son chemin vers les premiers bancs de la pièce.

Ils avaient pourtant fini par se rapprocher à la suite d'un faux procès organisé par l'un de leurs professeurs et durant lequel les deux anciens époux s'étaient affrontés. Keli avait trouvé le jeune homme pertinent et ingénieux. En tous cas, moins bête qu'elle ne le pensait. En revanche, cet exercice n'avait rien changé pour lui qui était déjà fasciné par cette fille froide, d'un mètre soixante-quinze, à la peau couleur cannelle. Il avait même recommencé à aller en cours, espérant l'apercevoir, elle et ses paires de jeans qu'elle remplissait si bien. Comme ils étaient également inscrits au même cours d'anglais, Chris s'installait toujours de sorte à pouvoir examiner discrètement son nez fin orné d'un anneau, sa bouche pulpeuse et ses yeux en amandes qui semblaient pouvoir voir à travers les gens, à travers les âmes.

Il avait adoré pouvoir passer ses mains dans ses cheveux noirs, naturels qui lui couvraient une partie du dos, la première fois qu'il l'avait emmenée au cinéma. Elle avait insisté pour arriver à temps pour les bandes annonces qu'elle adorait regarder, la main dans son immense pot de pop-corn salé. Ce soir-là, elle portait une robe-pull noire à manches longues dont la découpe en V du décolleté offrait un spectacle fort plaisant à Chris qui avait toujours été un grand amateur de formes généreuses. Lorsqu'elle n'avait pas cours et qu'elle ne travaillait pas, Keli, qui était fan de *fit girls*, passait son temps à la salle de sport où elle s'attelait à conserver un ventre plat et le dos musclé, tout en priant pour que tous ses exercices ne fassent pas disparaître ses imposantes fesses et ses cuisses dodues. Quand ils avaient commencé à sortir ensemble, Chris avait pris l'habitude de l'accompagner dans ses activités sportives, plus pour la reluquer que pour travailler ses muscles à lui, mais ça, elle semblait ne jamais s'en être rendue compte.

-       Bon tu te lèves que je te mette ta pâtée ? lança Chris, debout dans l'embrasure de la porte.

Keli se leva, s'habilla et s'apprêtait à le rejoindre, lorsqu'une sonnerie de mobile retentit. C'était celui de Chris qui était sagement posé sur la table de nuit de droite. Keli l'attrapa pour le lui donner et fut parcourue d'un frisson en apercevant le nom de l'appelant. Jordan. La nausée la prit. Chris, qui s'était approché, s'en rendit compte et ne décrocha pas.

-       Tu fréquentes toujours ce tocard ? demanda Keli, froidement.

-       Commence pas s'il te plaît, murmura Chris, blasé.

-       Commence pas quoi ? Ce n'est qu'une question.

-       Une question rhétorique et polémique surtout.

-       Une simple question.

-       Tu ne dis jamais rien par hasard Kel'.

-       Je n'ai rien de spécial à dire. Je ne comprends juste pas pourquoi tu continues à fréquenter quelqu'un qui est susceptible de te faire tout perdre.

-       Tout, genre toi, tu veux dire ?

Keli se figea. À quelques centimètres d'elle, Chris la regardait fixement, un brin agacé. Elle décida de ne pas répondre, sentant la situation lui échapper.

-       Bon écoute, je sais déjà ce que tu en penses, on va jouer ? hasarda Chris.

-       Non. J'ai audience demain. Tu devrais rentrer.

-       T'es sérieuse là ? On va vraiment encore s'engueuler à cause de cette vieille histoire ?

-       On ne va pas s'engueuler puisque tu t'en vas, répondit froidement Keli.

-       En fait tu ne vas jamais t'arrêter quoi.

-       La seule chose que je vais arrêter c'est de te voir. Sors de chez moi et ne reviens pas.

Chris fronça les sourcils. Il ne savait pas s'il était plus peiné ou énervé, mais ce dont il était certain, c'est qu'il n'avait aucune envie d'évoquer à nouveau cet épisode de leur vie. Sans un mot, il se rhabilla, ramassa ses effets personnels et quitta la maison.

Restée seule, Keli repensa à leur histoire et sentit les larmes lui monter aux yeux. Puis les mots d'Abi lui revinrent brusquement en mémoire. Ce n'était pas si stupide que cela, sa théorie sur les sites de rencontres finalement. Cela aurait le mérite de l'occuper un peu et de mettre un point final à sa liaison avec son propre ex-mari.

La jeune femme alla se préparer un bol de pop-corn, se servit un grand verre de punch maracuja, puis s'installa dans son lit avec son smartphone. Elle choisit un site réservé aux rencontres entre personnes noires dont une cliente lui avait parlé quelques semaines auparavant. Elle créa son profil assez rapidement, puis se cala contre deux gros oreillers pour commencer à passer en revue les différentes photos d'hommes qui se présentaient à elle. Elle en avait éliminé une bonne centaine lorsque l'application lui indiqua que plusieurs messieurs souhaitaient entrer en contact avec elle, dont un qu'elle connaissait très très bien.

III

-     *Maître K.B White*, écrivit Keli.

-     *Maître Keli la Harpie, vous ici,* répondit Cédric du tac au tac.

-     *Je te retourne la réflexion. Est-ce que tu sais que c'est une appli pour Noirs ?*

-     *Est-ce que tu sais que c'est une appli pour les gens dotés d'un cœur ?*

Keli esquissa un sourire. Elle avait été particulièrement étonnée de trouver l'associé de son ex-mari sur une application de rencontres et à plus forte raison sur une application réservée aux Noirs. Cédric était plutôt du genre à tourner autour des femmes blanches et plutôt snobs, de surcroît. Depuis qu'elle le connaissait, elle ne l'avait jamais vu avec une femme noire. Johanna, la sœur aînée de Keli, disait qu'il avait probablement un problème non réglé avec sa mère, une femme noire, et que cela remontait très probablement à la petite enfance. Keli, elle, ne s'intéressait pas aux histoires de psychologie de sa sœur et estimait tout simplement que Cédric était un Bounty, point à la ligne. Elle n'avait jamais beaucoup parlé avec lui, non pas parce qu'il aimait les femmes blanches, mais tout simplement parce qu'elle le trouvait d'une prétention sans nom. Il avait toujours une réalisation à faire valoir, toujours une anecdote autocentrée à raconter, le tout dans une mise en scène presque théâtrale. Keli n'avait jamais compris ce qui le liait à Chris et ne s'y était jamais vraiment intéressé de toutes manières.

- *Chris sait que tu es sur une appli de rencontre ?* écrivit Cédric.

- *En quoi ça le regarde ?* répondit Keli.

- *Donc il ne sait pas.*

- *Je n'ai pas dit ça.*

- *Tu n'as pas démenti non plus. Heureusement, tu peux compter sur mon immense discrétion.*

- *Comme c'est délicat de ta part.*

- *Que veux-tu, je suis comme ça, serviable et loyal.... Enfin avec contrepartie.*

- *Tiens donc...*

- *Je saurais garder ton secret si tu me branches avec Abi.*

En lisant ces mots, Keli partit dans un grand éclat de rire.

-       *Tu ne manques pas d'audace !*

-       *Disons que je suis débrouillard.*

-       *C'est du chantage et je ne négocie pas avec les malfaiteurs. Je ne fais pas non plus dans le proxénétisme.*

-       *Tout de suite les grands mots. Je sais juste saisir les opportunités quand j'en vois une.*

-       *Abi ne sort pas avec des Bounty.*

-       *Je ne suis pas un Bounty.*

-       *Tu n'es pas vraiment Noir non plus.*

-       *Je le suis, c'est juste qu'on ne me laisse pas l'être.*

-       *Mais encore ?*

-       *Est-ce que ça t'a déjà traversé l'esprit que je puisse simplement chercher à survivre aux attitudes comme la tienne ?*

-       *Je ne comprends pas.*

-       *Normal, les gens comme toi savent ce qu'ils sont et d'où ils viennent, tout est plus facile. Moi j'ai deux cultures, dont une que l'on m'a inculquée plus que l'autre et à chaque fois que j'ai tenté de me rapprocher de mes racines martiniquaises, je me suis heurté à des personnes comme toi qui préfèrent se moquer de moi plutôt que de m'apprendre. Avoue que ça ne donne pas envie de persévérer ?*

Keli reposa son smartphone, pensive. Il avait marqué un point. Son père, Patrick, était un syndicaliste convaincu, d'origine guadeloupéenne et foncièrement indépendantiste. Il avait appris à ses filles toute l'histoire des Noirs en insistant grandement sur celle de la Caraïbe. Naomi, leur mère, était une artiste-peintre franco-ivoirienne qui avait traîné ses filles et son mari d'un bout à l'autre de l'Afrique durant des années. Elle leur avait fait l'école à domicile, puis ils étaient rentrés en France un peu avant l'entrée de Keli au collège. La jeune avocate ne s'était jamais vraiment demandé comment le métissage Noir / Blanc était vécu par les enfants qui en étaient le fruit. Elle vivait sa négritude sans jamais se soucier de comment d'autres pouvaient vivre la leur et le dernier message de Cédric lui avait fait s'en rendre compte.

Elle choisit ainsi de mettre ses préjugés de côté sur l'avocat et ils poursuivirent leur conversation par messages interposés. Elle finit par s'endormir aux alentours de deux heures du matin, le téléphone à la main.

***

Il était sept heures du matin lorsque Keli fut violemment tirée de son sommeil par la sonnette de la porte d'entrée. Quelqu'un s'acharnait sur ce pauvre bouton et tambourinait à la porte en même temps. La jeune femme se traîna jusqu'à l'entrée, regarda par le judas et soupira avant d'ouvrir. Johanna entra en trombe, vraisemblablement énervée.

\- Donc tu es vivante espèce de peste ! Lâcheuse ! Traîtresse !

\- Bonjour à toi aussi ma chère sœur adorée.

\- Si tu m'aimais tant que ça, tu ne m'aurais pas laissée entre les griffes de notre mère.

\- Tiens, c'est fini votre télé réalité « *mère-fille pour un mariage de rêve* » ? pouffa Keli.

\- Connasse !

Johanna fixait sa sœur d'un œil noir, tandis que Keli se tordait de rire. Les deux jeunes femmes n'avaient que quelques mois d'écart et s'étaient toujours entendues à merveille. Elles étaient les princesses de leur père qui était calme, pédagogue et discret, sans pour autant manquer de charisme. Naomi, elle, était exubérante et manquait cruellement de patience. Son tempérament intrusif ne correspondait absolument pas à la personnalité plutôt secrète de Keli et la jeune femme avait cessé de tenter de comprendre sa mère depuis des années. Johanna, elle, était plus conciliante et cherchait toujours à arrondir les angles avec la matriarche. C'est ainsi qu'elle avait accepté d'associer Naomi aux préparatifs de son mariage avec Steve Radé, un médecin guyanais qu'elle avait rencontré trois ans auparavant dans un centre de santé où elle avait effectué un remplacement. Johanna était psychologue, au grand dam de Keli qui devait constamment subir ses incessantes analyses de tout et de rien.

- Non mais sérieusement j'en peux plus d'elle, reprit Johanna.

- Qu'est-ce qu'elle a fait encore ?

- Elle m'a acheté mes chaussures !

- Bah c'est gentil ça.

- Kel, elles sont immondes ! On dirait celles qu'elle t'avait obligée à porter pour ta première communion !

- Dur ! lâcha Keli, se remémorant cette paire qu'elle avait détestée et subie. Juste retour des choses pour n'avoir rien dit quand elle a choisi pour moi cette robe atroce de demoiselle d'honneur.

- Merci pour le soutien.

-       Je t'avais prévenue. Elle est insupportable.

-       Tu sais comme je suis toujours encline à comprendre la nature humaine.

-       Oh que oui, soupira Keli.

-       Mais enfin là… Sérieusement…. Qu'est-ce que papa lui trouve ?

-       C'est une belle femme, hasarda Keli en haussant les épaules.

-       La beauté ne justifie pas de supporter une personnalité pareille.

-       Moi ça fait plus de quinze ans que je te le dis : papa a forcément tué quelqu'un et maman le couvre, voilà sur quel pacte repose ce mariage.

Johanna éclata de rire, s'affalant dans un fauteuil. Elle semblait enfin se détendre, sous les vannes acérées de sa petite sœur.

-       N'empêche que tu m'as laissée seule.

-       Jo, t'es devenue une véritable Bridezilla.

-       T'abuse !

-       A peine.

-       Bon, tu dois nous accompagner la semaine prochaine pour le choix de ma robe.

-       Et me farcir la Reine mère et ses goûts approximatifs ? Non merci. Appelle papa.

-       T'es ma sœur et ma demoiselle d'honneur, t'as pas le choix. Déjà, je ne sais pas comment m'en sortir avec ces foutues chaussures.

-       OK, OK, calme-toi. Voilà ce qu'on va faire : toi et moi on ira te chercher des chaussures quand tu auras trouvé la robe de tes rêves et tu porteras tes horreurs de communion pour la répétition du mariage, comme ça le Dictateur ne trouvera rien à redire. Je t'offrirai ta paire et tu justifieras ta décision en disant que tu ne pouvais pas me vexer à refuser de les porter. Quant à la robe, je peux convaincre Chris de nous accompagner.

-       Il ferait ça tu crois ?

-       Maman adore Chris et lui il adore qu'on l'adore. Elle, elle restera calme et lui il aura le loisir d'être flatté toute la journée, expliqua Keli en haussant les épaules.

-       T'es ma sœur préférée ! s'exclama Johanna, soulagée.

-       Je suis surtout ton unique sœur, marmonna Keli en levant les yeux au ciel.

***

Lorsque Keli arriva au cabinet, Maître Véronique Gravier se trouvait déjà assise dans son bureau. C'était Monica qui l'avait laissée rentrer. Maître Gravier était une avocate de quarante-sept ans, blonde, grande, le bassin large, un carré jaunâtre en guise de coiffure. C'était une jolie femme, quoi qu'un peu molle dans son attitude générale, qui était plus attachée au statut social de l'avocat qu'à la fonction en elle-même. Keli avait effectué son stage final chez elle et en était restée relativement proche.

- Maître Gravier ! lança Keli, surprise. Nous avions rendez-vous ?

- Non, répondit Véronique, je voulais simplement te voir pour te parler de ma fille, Agathe, qui cherche un stage de troisième. Je me suis dit que la meilleure avocate de Bordeaux la prendrait bien volontiers.

Keli sourit. Du Véronique tout craché.

- Pourquoi tu ne m'en as pas parlé la semaine dernière quand on est allées déjeuner toutes les deux ? Et puis pourquoi tu ne la prends pas toi ?

- Parce que j'avais oublié et parce qu'elle me gonfle.

Keli s'installa à son bureau, hilare. Véronique avait une relation en dent de scie avec son ado et de toutes manières, elle ne prenait que des stagiaires qu'elle pouvait exploiter au maximum et ce, même en stage d'observation. Maître Gravier n'était pas une grande travailleuse, mais elle savait pourtant qu'elle ne pourrait pas faire travailler sa fille plus que de raison. C'était donc tout naturellement qu'elle s'était tournée vers Keli pour régler son problème.

-        OK, c'est bon, je la prends. Mais je ne pourrais pas m'en occuper tout le temps. Faudra voir avec Louise.

-        Oh merci ! Je t'adore ! s'exclama Véronique en s'approchant de Keli.

Maître Norram sourit et se leva pour aller ouvrir la fenêtre, mais Véronique ne bougea pas. Keli tenta de la contourner afin de poursuivre son action, mais Maître Gravier la saisit par les épaules et l'embrassa sur la bouche. Keli se raidit. Surprise, elle se contenta de demeurer immobile, se demandant ce qu'il se passait. Véronique s'en aperçût et la lâcha, puis, fit un pas en arrière.

- Je suis désolée dit-elle. Je voulais t'en parler depuis un moment mais je n'en trouvais pas le courage.

- Me parler de quoi ? demanda Keli, interloquée.

- Je suis totalement obsédée par toi Keli. Tu es si belle, intelligente, sûre de toi !

- Euh… Merci….

- Je ne te demande rien et je ne vais pas quitter mon mari et mes enfants pour toi, mais je voulais que tu saches que je ne peux pas vivre sans toi.

Keli ouvrit des yeux ronds. Était-ce une caméra cachée ? Elle se repassa brièvement tous les instants passés avec Véronique, sans comprendre ce qui avait pu conduire cette femme à développer une attirance et des sentiments pour elle. Keli était résolument hétérosexuelle et avait simplement entretenu une relation qu'elle pensait amicale avec celle qui l'avait accueillie dans son cabinet quelques années plus tôt. Quant à la question de refuser de quitter son mari, Keli était estomaquée que cette considération ait pu l'effleurer.

N'ayant pas la volonté de poursuivre cette conversation, Keli changea de sujet, papota de tout et de rien, puis annonça qu'elle partait en audience, laissant Véronique à ses tourments sentimentaux et sexuels. Arrivée devant le Palais de justice, elle se rendit compte qu'elle était en avance et entreprit de jeter un œil à sa fameuse application de rencontres. Elle avait reçu un certain nombre de demandes qu'elle bazarda assez rapidement. Toutefois, son attention se porta sur trois profils : un producteur de musique, un commercial et un directeur marketing.

IV

Keli regardait son magret de canard trop cuit, se demandant ce qu'elle fichait là. Elle avait accepté de dîner avec Marco, le commercial et s'en mordait d'ores-et-déjà les doigts. Il était comme sur les photos, aucun problème là-dessus. Seulement elle n'avait jamais rencontré quelqu'un de plus creux que cet homme-là. Il n'y avait qu'une heure qu'elle l'avait rejoint directement au restaurant et il n'avait eu de cesse de débiter des âneries sexistes et clichées.

Là encore, il était en train de lui expliquer que pour qu'un couple fonctionne, il était impératif pour l'homme de ne jamais chercher à débattre avec sa compagne, car les femmes ne supportaient pas d'être contredites et cherchaient toujours la petite bête. Enfin ça, c'était le peu qu'elle avait déchiffré puisque Marco avait un tel accent qu'elle peinait à comprendre la moitié de ses paroles.

Ils quittèrent la phase des « *les femmes ceci, les femmes cela* » pour entrer dans la phase « *chez moi, en Afrique* ». Keli sentit alors son désespoir augmenter. Elle ne savait même plus de quel pays d'Afrique il était, tout ce qu'elle savait, c'est que ce mec était un vieil homme aux idées bien arrêtées dans un corps de trentenaire. Marco avait un enfant en bas âge et faisait régulièrement la navette entre Bordeaux et Paris, où se trouvaient les deux filiales de sa boîte. Il avait invité Keli au restaurant de l'hôtel où il logeait, mais la jeune femme avait décliné afin qu'il ne se fasse pas d'idées sur la suite de la soirée. Il avait donc proposé un autre restaurant qui s'était avéré mauvais, tout comme la conversation de Marco. Lorsqu'il entra dans la série de « *vous les antillaises* », Keli ne tint plus et adressa discrètement son texto de secours à Abi. Un mot « *HELP* ». Quelques minutes après, le téléphone de l'avocate sonna. Elle s'excusa auprès de Marco et décrocha, sourcils froncés. Elle demeura silencieuse quelques instants, puis répondit qu'elle arrivait et raccrocha.

-       C'est ton mari qui appelle ? plaisanta Marco.

-       Non, une affaire, répondit Keli sèchement. Un client qui s'est fait arrêter. Je dois absolument y aller.

-       Tu veux que je t'attende ?

-       Non, ça risque de durer toute la nuit, répondit Keli. Vraiment désolée !

\-   Oh, c'est dommage, dit Marco en hochant la tête. Je t'appelle plus tard.

Keli marmonna un rapide « *bonne soirée* » et se précipita dehors, soulagée. Elle grimpa dans sa voiture, verrouilla les portières et fonça chez elle d'où elle téléphona à Abi pour médire sur son prétendant du soir.

L'avocate avait abandonné cette application réservée aux rencontres entre Noirs au profit d'une autre, se laissant prendre au jeu de la séduction virtuelle. S'étant vite lassée de cette application-là sur laquelle elle n'avait trouvé que peu de profils intéressants, elle avait créé un compte sur une autre application plus générale et qui offrait les pleins pouvoirs aux femmes. Toutefois, elle avait continué à parler, via une messagerie instantanée, à Marco le commercial, Rudy le directeur Marketing et David le producteur de musique.

La nouvelle application sur laquelle elle s'était inscrite lui avait permis de parler avec un certain nombre de messieurs et elle décida, dès le deuxième jour, de consigner certaines des informations qui ressortaient de ces conversations dans un tableau Excel, de peur de s'emmêler les pinceaux.

En quelques jours, elle vit de tout et les débriefings quotidiens avec Abi était devenu leur petite distraction prétexte à l'apéro. Marco était, cependant, le seul qu'elle avait rencontré jusque-là et cela n'avait pas été une franche réussite. Pourtant, elle était curieuse de voir de ses yeux quel genre de personnes étaient Rudy et David. Ainsi, elle ne se fit pas prier lorsque le producteur lui proposa un rendez-vous le samedi suivant. Keli se dit que cela la détendrait après la journée d'essayages de robe de Johanna qui l'attendait, tout en lui donnant une bonne excuse pour ne pas aller dîner avec leur mère. Et puis, il allait y avoir Chris, la personne qu'elle était supposée oublier. La journée promettait donc d'être mouvementée.

***

- Tu ressembles à un kouglof là-dedans ma chérie ! s'exclama sèchement Naomi Norram.

Johanna regarda sa sœur, désemparée. Keli, elle, fulminait. C'était la quatrième robe que Johanna essayait et la quatrième que leur mère dézinguait sans la moindre délicatesse. La vendeuse elle-même ne savait plus où se mettre tant Naomi était radicale.

- Mais enfin c'est quoi ton problème maman ? explosa Keli. Tu cherches quoi ? À lui gâcher sa journée et son mariage ?

Naomi afficha un sourire en coin. Elle s'apprêtait à répondre lorsque son attention fut captée par autre chose, ou plutôt par quelqu'un d'autre.

- Chris ! Mon gendre préféré ! s'écria-t-elle en se levant, le visage totalement métamorphosé.

- Ce n'est plus ton gendre, maman, lâcha Keli, partagée entre soulagement et agacement.

- Et puis c'est sympa pour Steve, marmonna Johanna debout sur une petite estrade.

Chris s'avança, souriant comme un jeune premier. Naomi le prit dans ses bras, puis il déposa un baiser sur la joue de Johanna et fit de même avec Keli avant de s'assoir entre son ex-femme et son ancienne belle-mère.

- Chris sera toujours mon gendre, ma chérie, lança Naomi à l'intention de Keli. Si j'avais eu un fils, j'aurais voulu que ce soit lui.

- Vous savez déjà que vous resterez ma belle-mère à jamais, Naomi, déclara Chris, charmeur.

Keli soupira. Johanna lui fit signe de rester calme.

-       Que tu es gentil mon chéri ! Pas comme les deux ingrates que le Seigneur a choisi de me donner en guise d'enfants.

Chris réprima une envie de rire, puis Johanna retourna en cabine. Naomi décida de faire le tour de la boutique, à la recherche de sa robe idéale, semblant oublier qu'elle n'était pas la mariée.

-       T'es en retard, ragea Keli.

-       Je te manquais ma puce ?

-       Non, j'ai juste failli la tuer quatre fois et l'enterrer dans mon jardin.

Chris sourit et passa son bras autour des épaules de Keli.

-       Ce sont les robes de mariées qui te mettent d'aussi bonne humeur ? demanda-t-elle.

-       Non, j'étais juste en train de me dire que je te prendrais bien dans une de ces cabines d'essayage, rétorqua Chris. Comme en Espagne… dans les cabines sur la plage, tu te rappelles ?

Bien sûr qu'elle s'en rappelait. Et ce souvenir lui fit autant d'effet qu'à Chris, mais elle ne voulait surtout pas le lui montrer. Il l'embrassa alors dans le cou, la faisant frissonner. À cet instant, Johanna réapparut dans une autre robe. Elle fixa un instant sa sœur, qui tentait d'avoir l'air détaché tandis que Chris retirait son bras de ses épaules. Naomi revint avec une robe dont le sens et la coupe donnaient matière à interrogation. Johanna soupira, au bord de la crise de nerf.

- Je ne vais pas essayer ça maman, lâcha-t-elle de but-en-blanc.

- Mais pourquoi ? s'étonna Naomi.

- Parce que c'est laid.

- Oh que oui ! renchérit Keli.

- Ce qu'elles veulent dire, Naomi, c'est que ce n'est pas le style de Jo. D'ailleurs, si tu venais avec moi refaire un tour de la boutique ? intervint Chris en regardant son ancienne belle-sœur. Je suis sûre qu'on va trouver ton bonheur.

Johanna sourit, soulagée et accepta la proposition du jeune homme. Ils partirent tous les deux et Keli prétexta un coup de fil à donner pour ne pas rester avec sa mère. La future mariée et son acolyte revinrent quelques instants plus tard suivis de la vendeuse qui portait deux robes. Johanna était surexcitée et Chris annonça qu'il avait sélectionné deux modèles. Keli savait que c'était faux. Il aimait s'habiller certes, mais elle le savait incapable de choisir une robe de mariée. Johanna avait choisi ces robes et Chris avait certainement proposé de s'en attribuer le mérite pour faire taire Naomi. La stratégie porta ses fruits, car Naomi se trouva subjuguée par les deux modèles. Johanna finit par choisir la seconde et fondit en larmes, trop heureuse d'avoir enfin trouvé la robe de ses rêves. Elle retourna en cabine afin que la vendeuse prenne ses mesures et Chris sortit vapoter. À travers la vitrine, Keli pouvait l'apercevoir. Il fut rapidement rejoint par la propriétaire de la boutique, une grande blonde pulpeuse qui minaudait sans la moindre subtilité. Chris ne la repoussa pas. Il souriait. Naomi s'en rendit compte, mais résista à l'envie de balancer une pique.

-        Va récupérer ton mari, ma fille, souffla-t-elle simplement à l'intention de Keli.

La jeune femme se figea, toisa sa mère, puis ramassa son sac. Elle annonça à Johana qu'elle devait partir, à travers les parois de la cabine et se dirigea vers la sortie. Naomi demeura silencieuse.

-       Ce n'est plus mon mari, maman. Va falloir que tu t'y fasses, déclara Keli avant de quitter la boutique.

***

Keli venait à peine de sortir de la boutique devant laquelle elle avait donné rendez-vous à David lorsqu'elle vit une grosse Mercedes noire s'arrêter à quelques mètres d'elle. Après les essayages de Johanna, elle avait décidé de flâner un peu dans d'autres magasins, avant d'envoyer un message à David pour qu'il la rejoigne en ville. Comme les vitres étaient teintées, elle ne parvenait pas à en distinguer le conducteur, mais supposa que c'était lui. Elle fit quelques pas et la vitre côté passager avant se baissa. David pencha la tête, souriant. Keli, elle, ressentit une espèce de pincement. Vraisemblablement, les femmes n'étaient pas les seules à savoir comment prendre une photo sous le bon angle. Elle le salua, monta et referma la portière avant d'attacher sa ceinture.

-       Aussi belle en vrai qu'en photo, dit-il.

Keli sourit, mais ne dit rien.
-       Je vois que tu n'es pas partie en courant, j'en conclus que tu n'es pas déçue ? poursuivit-il alors.

- Non tout va bien, répondit Keli en analysant chaque trait de la personne qui était assise à sa gauche.

Elle n'aimait pas mentir, mais qu'aurait-elle pu dire d'autre ? Et puis il n'était pas moche, loin de là. Elle le trouvait simplement différent de sa photo de profil. Il était beaucoup plus mince qu'il n'en avait l'air sur la photo, ce qui lui donnait l'air plus petit qu'il ne l'était en réalité. Il était vêtu d'un jean et d'un sweat shirt noirs et Keli pouvait apercevoir d'imposantes baskets blanches à ses pieds. David monta légèrement le son de l'autoradio, scandant à voix basse les paroles d'un tube de rap français. Ses locks semblaient flotter autour de son visage d'ébène et il sourit lorsqu'il réalisa que Keli le regardait, laissant apparaître une dentition parfaitement blanche.

La jeune femme lui rendit son sourire et il commença à faire la conversation. Il parlait de tout et de rien et ne semblait pas réaliser que Keli répondait peu. Ce n'est pas qu'elle n'en avait pas envie, mais juste qu'il ne lui en laissait pas vraiment l'occasion. Elle se battait suffisamment dans les tribunaux pour récupérer et conserver la parole, elle n'avait aucune envie de jouer à cela sur son temps de repos. Elle l'écoutait donc parler d'une seule oreille lorsqu'il entreprit de passer un coup de fil, ce qui l'agaça fortement. Keli n'aimait pas les gens qui téléphonaient en conduisant et le fait qu'il mette le haut-parleur n'arrangea rien. Il passa deux autres appels du même type, parlant musique et clips et programmant des rendez-vous de toutes sortes. Ils arrivèrent bientôt devant un petit restaurant africain dont Keli avait entendu parler par des amis. David se gara et ils ne tardèrent pas à s'installer en terrasse. L'homme parlait toujours et vantait ses nombreuses connaissances sur les civilisations noires antérieures à l'arrivée du colon européen. Il passa en revue l'histoire, les sciences et même la médecine et ce, durant tout le repas. Keli tenta, au début, de participer au débat... jusqu'à ce qu'elle comprenne que ce n'était justement pas un débat. Il parlait et elle était supposée s'extasier. Il lança, à plusieurs reprises, des remarques concernant une éventuelle timidité de la jeune femme. Au bout de la quatrième fois, Keli finit par lâcher qu'elle parlerait sûrement s'il finissait par lui en donner l'occasion. Durant l'heure qui suivit, David sembla enfin comprendre à quel point il pouvait monopoliser la parole, et fit l'effort de lui poser des questions. L'atmosphère se détendit un peu et ils commencèrent enfin à rire. Fort de ce changement radical d'attitude, David proposa à Keli de l'emmener se promener sur les quais de Bordeaux, ce qu'elle accepta. Ils poursuivirent ainsi leur conversation, avant que David ne soit pris d'une nouvelle envie de jouer les experts kamites. À cet instant, elle reçut un texto de la part d'Abi qui lui demandait comment se passait le rendez-vous et s'il l'avait emmené dans une forêt pour l'y enterrer. Keli sourit et lui répondit qu'ils étaient sur les quais et qu'elle finirait par le jeter dans le fleuve s'il persistait à la prendre pour une dinde avec son étalage de prétendue culture. Abi lui répondit de faire un effort et lui rappela que David n'était qu'une distraction. L'avocate rangea son téléphone dans son sac à main sans répondre. Le producteur parlait toujours. Keli se rendit compte, à cet instant, que ce qui l'énervait ce n'était pas vraiment qu'il joue les professeurs, mais plutôt de se rendre compte qu'Abi avait raison et que cet homme qui lui avait tant plu sur un écran, ne pourrait être autre chose qu'une distraction. Peut-être avait-elle laissé son imagination vagabonder un peu trop loin, quant à ce qu'aurait pu donner cette relation. Le fait est qu'elle était dehors à vingt-trois heures, avec un homme qui semblait détester le silence et avec qui elle avait pensé avoir accroché durant des jours.

David la sortit de ses pensées en lui demandant si cela lui ferait plaisir de visiter son studio d'enregistrement. Keli trouva l'idée intéressante et accepta. Ils repartirent donc vers la voiture et se mirent en route pour le fameux studio. Dans le véhicule, David était plus calme, plus à l'écoute.

Il confia la programmation musicale à Keli, aux fins, dit-il, d'apprendre à connaître ses goûts. Ainsi, ils se lancèrent tous deux dans un débat animé sur le hip-hop, tandis que la voiture avalait les kilomètres.

Ils arrivèrent une demi-heure plus tard dans une petite ruelle pavée où David se gara. Ils descendirent et Keli le suivit jusqu'à une porte rougeâtre à la serrure capricieuse que le producteur dut quelque peu malmener pour pouvoir l'ouvrir. Il appuya sur plusieurs interrupteurs et la lumière jaillit. Le studio n'était pas très grand, mais il semblait très bien équipé. David invita Keli à s'installer sur un énorme fauteuil d'angle et mit de la musique. Il lui passa plusieurs morceaux en cours de finition et ils continuèrent à discuter. Keli se mit en tête d'en savoir plus sur lui et il se lança dans un grand monologue sans fin. L'avocate nota qu'il ne lui retournait pas ses questions et décida, à cet instant, qu'elle ne le reverrait pas. Elle était encore dans ses pensées lorsqu'il se pencha vers elle pour déposer un baiser sur ses lèvres. Elle trouva cela agréable et se laissa faire. Il effleura sa poitrine et, voyant qu'elle ne le repoussait pas, passa sa main sur sa cuisse, remontant lentement sous sa robe. Keli passa ses bras autour de son cou et il la fit basculer sur le dos. David s'allongea sur elle et continua à l'embrasser langoureusement tout en la caressant.

-       J'ai envie de toi, souffla t-il en dégrafant d'une main son soutien-gorge.

-       Qu'est-ce que tu attends ? demanda t-elle murmura t-elle au comble de l'excitation. Prends une capote.

-       Je… Je n'en n'ai pas. Je ne pensais pas qu'on….

Keli se redressa, incrédule. Elle était allongée là, sans sous-vêtements, avec un homme adulte qui s'étonnait d'avoir un rapport sexuel lors d'un rendez-vous amoureux. Le monde à l'envers. Contrariée, elle se mit à la recherche de son boxer sans un mot. David sentit sa frustration et lui prit la main, la stoppant dans sa quête. Il l'embrassa sensuellement et la fit rasseoir. Keli fronça les sourcils, tandis que l'homme souriait

-       C'est pas grave, on va s'amuser autrement, dit-il en faisant remonter sa robe.

***

Keli fut réveillée par une terrible douleur qui lui tiraillait le crâne. Elle était allongée sur le canapé du studio aux côtés de David qui était à moitié nu. L'alcool de la veille et l'absence d'oreiller lui avaient engendré une migraine et elle n'avait qu'une envie, rentrer chez elle s'allonger dans un vrai lit. Elle secoua le producteur pendant un bon moment avant qu'il ne se réveille enfin. Il regarda l'heure et sursauta. Il était en retard pour un rendez-vous avec un artiste. Keli lui proposa de la déposer à la gare la plus proche, mais il insista pour la ramener chez elle. Elle finit par accepter et ils se hâtèrent jusqu'à la voiture. Sur la route, Keli attrapa une lingette dans son sac afin d'effacer le maquillage qui avait coulé sous ses yeux. David, lui, passait des appels téléphoniques, tout en s'agaçant de l'absence de fluidité de la circulation. Keli qui commençait à reconnaître le paysage, insista pour qu'il la dépose sur le champ. Il finit par s'exécuter, vraisemblablement déstabilisé et la jeune femme descendit après l'avoir remercié pour la soirée et pour l'avoir rapprochée. Elle continua à pied, histoire de se vider la tête, et lui adressa un texto pour lui assurer qu'elle était bien arrivée, une fois sa porte refermée.

-       Nuit agitée ?

Keli sursauta. Chris était assis, tout de blanc vêtu, face à une table généreusement garnie. Il avait la mine sévère et le ton sec. La jeune femme fit quelques pas vers lui.

-       Qu'est-ce que tu fais là ? demanda-t-elle, les yeux plissés par sa migraine.

-       Je voulais prendre le petit-déjeuner avec toi, mais visiblement tu avais mieux à faire, répondit-il en se levant.

-       Chris….

-       Non c'est bon, t'inquiète, j'ai compris cette fois, dit-il en attrapant sa veste. Je pensais vraiment que tu finirais par passer au-dessus de cette histoire avec Mia, mais non. Pour toi je suis coupable et tu me le fais payer dès que tu en as l'occasion.

-       Ne dis pas n'importe quoi Chris….

Keli l'observait s'avancer vers elle, incapable de bouger. Ses tempes la lançaient et elle n'était vraiment pas d'attaque à reparler de tout ça.

-       Jolie robe au fait, lança son ex-mari. La même qu'hier non ?

Il la regarda droit dans les yeux quelques secondes, sortit une clef de sa poche et la posa sur le comptoir à côté duquel elle se tenait. Puis, sans un mot, il quitta la maison, claquant la porte derrière lui.

V

Chris culbutait rageusement Stacy sur la table de son salon depuis un moment déjà. Enfin Stéphanie… Ou peut-être Sylvie ? À vrai dire, il avait déjà oublié son prénom et c'était, de toute façon, le cadet de ses soucis.

Suite à l'épisode du petit-déjeuner manqué chez Keli, l'avocat était rentré chez lui, à la fois furieux et blessé. Pour se soulager un peu, il était alors allé courir. Mais ses quinze kilomètres de course n'avaient rien changé à son état. Il rentra alors et passa deux heures à soulever de la fonte et à faire pompes et tractions dans la salle de sport qu'il s'était aménagée dans son appartement, mais rien n'y fit, son humeur resta inchangée. Après une longue douche tiède, il décida de se rendre chez Jordan, qu'il trouva en compagnie de deux filles plutôt sexy, mais l'air totalement paumé. Elles quittèrent l'appartement à son arrivée et Jordan lui offrit de quoi fumer. Chris hésita un instant, mais Jordan était le petit diable sur son épaule qui ne lui soufflait jamais rien de bien à faire.

C'était comme ça depuis l'enfance en fait. Jordan et lui avaient huit ans lorsqu'ils s'étaient rencontrés. Sur le papier, rien ne les prédisposait à se fréquenter. Jordan vivait, avec ses quatre frères et sœurs aux pères différents, dans une famille où les petits trafics en tous genres étaient légion, tandis que Christopher était l'enfant unique d'un politicien guadeloupéen et d'une femme au foyer qui jouait à merveille le rôle de première dame. Sur l'île, Paul Calvin était très apprécié. Il avait toujours le sourire aux lèvres et le mot qu'il fallait. Un homme charmant. En tous cas en extérieur, car une fois les hauts murs de sa propriété franchis, c'était un véritable démon, colérique et sadique. Georgette Calvin, la mère de Chris, était à la fois une femme de caractère et une épouse totalement soumise à son mari. Elle faisait tout pour lui, mais cela ne suffisait jamais. Tout était prétexte à une explosion de colère et Chris en fit également les frais, à peine entré à l'école maternelle. C'est à peu près à cette époque-là qu'il se mit à faire des cauchemars. Christopher était un enfant gentil, affectueux, toujours prompt à faire plaisir aux autres, mais son père considérait ces qualités comme une preuve de faiblesse et l'estimait trop attaché aux jupes de sa mère.

Le moindre de ses gestes pouvait conduire l'homme politique à le violenter et c'est ainsi que Chris apprit à demeurer silencieux et quasi immobile en toutes circonstances et ce, jusque dans son sommeil. Lorsque les mauvais rêves le hantaient la nuit, il ne criait pas, ne se débattait pas. Il restait simplement allongé, comme tétanisé à l'idée que son père ait pu l'entendre et ne décide de lui faire payer d'avoir troublé sa quiétude. Chris savait qu'énerver son père pouvait le conduire à être battu, enfermé dans un placard ou privé de nourriture. En dépit de l'excellente image dont jouissait Paul Calvin, Jordan comprit, à sa première rencontre avec Chris, que quelque chose ne tournait pas rond dans cette famille. L'enfant terrible était occupé à réparer un vélo volé par l'un de ses frères lorsqu'il avait aperçu Chris, errant sans but dans la rue. Jordan, qui, à son jeune âge, connaissait déjà la misère, reconnut sans hésitation la faim. Sans un mot, il attrapa quelques gâteaux qu'il avait dans son sac à dos et les donna à cet enfant de riche au regard triste.

Depuis ce jour, ils étaient devenus inséparables et c'était tout naturellement que Jordan avait rejoint Chris en France, peu de temps après son départ, à l'âge de dix-huit ans. Bien évidemment, Jordan ne s'était inscrit en fac que pour pouvoir dealer tranquillement et il ne tarda pas à s'en faire virer. Chris, lui, décrochait sans grand effort, des notes suffisamment correctes pour valider ses semestres et noyait ses vieux démons dans la fête, la drogue, l'alcool et les filles. Sa rencontre avec Keli avait modifié de manière profonde ce schéma et Jordan détestait cette femme qui, selon lui, rendait son ami faible et obéissant. Chris avait toutefois fait ce qu'il avait pu pour conserver son amitié intacte, tout en prenant conscience qu'il devait abandonner sa vie de débauche s'il voulait obtenir une meilleure existence et, à plus forte raison, avec cette fille-là. Quelques années plus tard, Jordan n'avait même pas cherché à cacher sa satisfaction en apprenant le divorce de son ami, trop heureux de se débarrasser enfin de l'empêcheuse de tourner en rond et de récupérer son acolyte.

Ils étaient déjà dans un état second lorsque Jordan proposa d'aller rejoindre deux autres amis dans un bar où le jeune homme avait ses habitudes. Stacy-Stéphanie-Sylvie s'était alors approchée de Chris, moulée dans une robe rouge outrageusement courte, dont le décolleté était si profond que Chris se demanda pourquoi elle avait pris la peine de s'habiller. Cependant, elle était très jolie avec son teint café au lait et ses cheveux sombres et ondulés qui lui caressaient les épaules. Elle avait des lèvres pulpeuses aussi rouges que sa robe et des yeux verts captivants.

Lorsqu'elle avait aperçu Chris, elle s'était mise à le fixer avec envie, faisant son possible pour attirer son attention. Toute la tablée avait déjà remarqué le petit jeu de la jeune femme, à l'exception de Chris, focalisé sur son joint. Il avait fallu que cette fille vienne s'asseoir sur ses genoux pour qu'il comprenne enfin le message. Alors qu'elle lui susurrait des choses cochonnes à l'oreille, Chris se dit qu'il n'avait rien à perdre à succomber à ses charmes et finit par accepter de la suivre jusqu'à sa voiture. Une fois à l'intérieur, la séduisante inconnue défit le bouton de son jean et fit glisser sa braguette avant d'entamer une fellation. Chris, qui fumait toujours, se dit qu'elle n'était pas une experte en la matière, mais que ce n'était pas désagréable. Elle poursuivit cette activité quelques minutes, puis proposa de l'emmener chez elle. Chris accepta et la fille démarra.

Sur le chemin, il se roula un autre joint qu'il alluma une fois assis sur le canapé du petit appartement dans lequel vivait l'inconnue du bar. Son hôtesse mit de la musique et commença à se tortiller dans une danse qui se voulait très probablement sexy, mais qui donna plutôt à Chris envie de rire. Il se retint pourtant et la regarda effectuer une espèce de strip-tease qui ne dura pas bien longtemps vu le peu de tissu qui recouvrait son corps. Chris observa ses seins fermes, ses hanches étroites et ses longues jambes en se disant qu'elle ferait un très bon mannequin, mais une mauvaise actrice porno. Elle grimpa sur lui à califourchon, manquant de faire tomber son joint, puis s'agaça du peu d'intérêt qu'il semblait lui porter.

- Bon t'es pédé ou quoi ? lança-t-elle avec colère. Si j'avais su, je serais rentrée avec un de tes potes. Peut-être deux même.

Chris sourit mais ne répondit pas. Elle continua son mauvais jeu d'aguicheuse et lui dit qu'elle avait espéré une fin de soirée plus sauvage.

- Sauvage tu dis hein ? répéta Chris piqué.

Elle acquiesça avec un air de défi. Chris lui demanda alors si elle avait des préservatifs. La fille se leva, ouvrit un tiroir et revint en lui en jetant une pleine poignée dessus. Il resta immobile quelques instants, puis se déshabilla entièrement et en enfila un avant de jeter son hôtesse sur le canapé afin de lui donner ce qu'elle voulait. Alors qu'elle ronronnait de plaisir, Chris se remit à penser aux évènements de la matinée, à Keli et à la fin de leur mariage. Il essayait de se contenir et de chasser ces pensées de son esprit lorsque la fille le griffa violemment dans le dos. Hors de lui, il se leva, l'obligea à se mettre elle-aussi debout en l'attrapant par le poignet et la ramena près de la table du salon. Elle avait les yeux brillants et le sourire aux lèvres, tandis que le visage de Chris demeurait obstinément fermé. Il la retourna alors et la fit se pencher contre la table avant de déverser toute sa frustration contre le corps de la jeune femme. Il se mit rapidement à transpirer et elle à hurler. Lorsqu'il en eut fini avec elle, elle s'écroula dans le canapé, les jambes tremblantes, satisfaite. Chris, complètement défoncé, mais calmé, sombra instantanément dans un sommeil profond.

Il fut réveillé par un appel de Cédric. Merde, le lundi était déjà de retour. Heureusement, il n'avait pas d'audience aujourd'hui et son associé voulait juste savoir où il avait rangé un dossier qu'il souhaitait consulter. Chris lui répondit tant bien que mal qu'il arrivait et raccrocha avant de se rhabiller. Sa conquête de la nuit apparut alors, toujours nue, le sourire aux lèvres et une tasse dans les mains.

- Café ? hasarda-t-elle.

- Non merci, fit Chris, tentant de rassembler ses souvenirs.

- Tu veux que je te ramène ? Tu peux aussi rester ici avec moi si tu veux. Je ne travaille pas aujourd'hui.

Chris fronça les sourcils. Est-ce qu'elle s'imaginait qu'ils allaient se revoir et former un joli petit couple heureux et fusionnel ? Il n'en savait rien et ne voulait pas le savoir. En quelques manipulations, il commanda un VTC, remercia la fille qui s'appelait en fait Sophie et disparut dans la cage d'escalier.

***

\-   T'as une sale gueule, lâcha Cédric en s'emparant du dossier que lui tendait Chris.

\-   Merci mon pote, répondit ironiquement Chris.

\-   À tous les coups c'est une meuf qui te met dans un état pareil. Keli ?

Chris resta silencieux un instant puis acquiesça de la tête.

\-   Elle se tape d'autres mecs.

\-   Ah elle t'a dit pour le site.

Chris fronça les sourcils.

\-   Le site ?

\-   Ouais l'appli de rencontres.

\-   Comment tu sais ça toi ?

-       Bah parce que je l'ai vue dessus.

-       Donc t'étais au courant et t'as rien dit ? s'emporta Chris.

-       En même temps c'est dur à suivre votre histoire, là. Vous divorcez et tu la regardes toujours comme si elle était la huitième merveille du monde. Quant à elle, elle sort avec d'autres mecs, mais elle pète un câble quand elle te voit avec une autre. Prenez une décision hein !

Cédric quitta la pièce en secouant la tête, laissant Chris seul à son bureau. L'avocat, pris de vertiges, décida de baisser les stores de la pièce et de se reposer quelques instants dans le canapé qu'il avait acheté pour s'octroyer quelques instants de repos entre deux dossiers. Lorsqu'il rouvrit les yeux, Mia était assise en face de lui, les joues couvertes d'un mélange de mascara et de larmes. Il sursauta, ne s'attendant pas à la trouver là. Après tout, cela faisait plusieurs mois que personne ne l'avait vue ou n'avait entendu parler d'elle.

Il lui demanda depuis quand elle était revenue, mais pour seule réponse, elle lui demanda pourquoi il lui avait fait cela. La bouche de Chris était paralysée et il sentit une vague d'angoisse le gagner peu à peu. Il eut chaud, puis froid et sa vue se brouilla quelques instants. Sa secrétaire entra alors dans son bureau, lui déposa un café sur la table-basse sans un mot et repartit comme elle était venue. Chris la regarda sortir et se tourna à nouveau vers Mia, qui avait disparu. Il se frotta les yeux, comprenant qu'il était victime d'hallucinations. Une fois de plus.

Mia était une copine de Keli à la base. Danseuse professionnelle, la jeune femme agissait comme bon lui semblait et ce en toutes circonstances. Certains la trouvaient trop libre, mais elle, elle s'en fichait. Bonne vivante, Mia s'était tout de suite bien entendue avec Chris et elle sortait souvent avec lui, Keli et d'autres amis. En y repensant, rien de ne présageait une tournure si tragique des événements. Chris se demandait encore aujourd'hui comment ils en étaient tous arrivés là, sachant très bien qu'il ne trouverait jamais la réponse.

Il avala son café d'un trait puis décida qu'il était temps pour lui de rentrer. Il quitta donc le cabinet qui était situé à quelques rues de son appartement et décida de rentrer à pied. Une fois dehors, il aperçut une silhouette qu'il connaissait bien. Sur le trottoir d'en face, la juge Deproge peinait à avancer, traînant une valise remplie de dossiers d'une main, l'autre chargée de deux grosses enveloppes et de son sac à main en crocodile rose.

-       Laissez-moi vous aider madame le juge, dit-il en s'approchant.

La magistrate plissa les yeux, puis, le reconnaissant, afficha un large sourire.

-       Maître Calvin ! Toujours aussi serviable ! Je pensais pouvoir porter tout ceci jusqu'à chez moi, de l'autre côté de la place, mais c'est plus dur que prévu !

-       Je m'en occupe, répondit Chris, donnez-moi ça.

Viviane Deproge ne se fit pas prier et se déchargea volontiers de son fardeau. Ils ne tardèrent pas à arriver jusqu'à son luxueux appartement et la juge insista pour qu'il entre prendre un café. Chris se dit qu'il n'était plus à ça près et accepta. Mais lorsqu'il pénétra dans l'appartement, le chat de madame Deproge fit un impressionnant bond juste devant son visage, le faisant sursauter. Dans un mouvement de recul, il laissa échapper sa sacoche qu'il venait d'ouvrir pour y glisser son téléphone. Ses effets personnels tombèrent alors sur le sol, ainsi que les deux joints qu'il avait roulés avant de quitter le cabinet et qu'il comptait consommer dans la soirée. Viviane Deproge les vit et Chris sentit un picotement s'emparer de son visage.

-       Madame Deproge je….

-       Eh bien mon petit Christopher, moi qui avais prévu de vous offrir un petit Whisky, je vois que vous avez mieux à proposer, dit-elle en lui tendant un briquet, un sourire malicieux sur ses lèvres fuchsia.

***

Chris était allongé sur le canapé blanc de Viviane Deproge, les paupières closes, tandis qu'elle bavassait, sur le fauteuil d'en face, entre deux lattes. Sur la table-basse en verre, la bouteille de Whisky en cristal était déjà bien entamée. La juge et lui avaient parlé de tout et de rien, et elle s'était mise en tête de lui raconter son union avec son défunt mari, un chirurgien de renom. Chris avait ainsi découvert une autre facette de cette femme respectée dans la profession et dans les hautes sphères de la région. Il était ravi de pouvoir se changer les idées et se demanda depuis quand il n'avait pas ri autant.

-       Comment va votre Keli ? finit-elle par demander en se resservant du whisky.

-       Elle fait sa vie, dit Chris sans ouvrir les yeux.

-       Quel gâchis quand même que ce couple, déclara madame Deproge.

-       J'aurais dû faire de meilleurs choix, voilà tout.

-       Mais encore ?

-       J'ai fait de mauvaises choses. Je n'ai pas réfléchi. Je n'ai pas pensé à elle. J'ai probablement surestimé ce qu'elle était en mesure d'accepter ou pas. Quoi qu'il en soit, je l'ai déçue, elle ne veut plus de moi et je crois qu'elle a raison.

-       Les erreurs se corrigent mon petit.

-       Pas celles-ci.

-       C'est ce que vous croyez parce que vous passez trop de temps à pleurnicher au lieu de réfléchir vraiment et surtout d'agir. Mon Dieu, comment un gamin si brillant peut être également aussi con ?

Chris se redressa, stupéfait.

-       Je ne sais pas ce que vous avez fait à cette petite, mais à part la mort, rien n'est irréversible. Réfléchissez à comment vous rattraper et faites-le. Pas pour la récupérer elle, mais pour récupérer son respect et votre estime de vous-même. Si c'est fini, c'est fini. Il faudra vous y faire et encaisser comme un grand, mais la parole d'un homme, ses valeurs, ses convictions, sont ce qu'il a de plus précieux. Alors faites ce qu'il faut pour ne plus avoir à vous traîner comme une loque. Cette dégaine de looser ne vous sied guère, Maître Calvin.

VI

Keli prit une grande inspiration et appuya sur le bouton permettant de lancer l'appel. Elle n'avait plus entendu parler de Chris depuis déjà quinze jours, hormis une carte déposée dans sa boîte aux lettres, lui demandant de ne pas s'inquiéter, qu'il allait bien. Cédric l'avait informée que Chris avait pris soin, avant de disparaître, de rédiger toutes ses conclusions dans différentes affaires et de répartir les plaidoiries à effectuer entre les collaborateurs du cabinet. Depuis, il était introuvable et injoignable.

La dernière fois qu'il s'était évaporé ainsi, c'était après que Keli lui ait annoncé son intention de divorcer. Il avait tenu bon, pensant qu'elle reviendrait à la raison, mais avait finalement compris que non en apprenant que sa future ex-femme était retournée vivre chez ses parents. Or l'entente entre Keli et sa mère étant fluctuante, Chris se dit, à juste titre, qu'il fallait vraiment qu'elle n'ait plus envie de le voir pour consentir à vivre à nouveau sous son toit. Il lui avait donc signifié son consentement s'agissant du divorce avant de purement et simplement disparaître durant plusieurs semaines, ne prenant même pas la peine de répondre aux appels de celle qu'il percevait pourtant comme son âme sœur. Aujourd'hui, le contexte était différent, mais la jeune femme demeurait inquiète, tout comme Cédric. C'est ainsi qu'elle se résolut à téléphoner à Georgette Calvin, sa mère, qui la détestait pourtant de toute son âme.

-       Allô ? fit une voix enjouée à l'autre bout du fil.

-       Georgette, bonjour c'est Keli, la….

-       Je vois très bien à qui je parle, coupa Georgette d'un ton sec. Qu'est-ce que tu veux ?

-       Je…euh… Nous sommes à la recherche de Chris dont personne ici n'a entendu parler depuis deux semaines. Je me demandais si vous saviez où il se trouve.

-       Nous qui ?

-       Son associé, ses amis…moi.

-       Toi ? Seigneur qu'est-ce qu'il ne faut pas entendre !

-       Je m'inquiète pour lui…. Quoi que vous pensiez de moi, je tiens beaucoup à lui.

-       Tellement que tu l'as quitté ?!

-       C'est compliqué.

- Non ce n'est pas compliqué jeune fille. Quand on aime son mari, on ne le quitte pas.

- Sans vouloir vous manquer de respect, mon mariage ne vous concerne pas.

- Ton mariage avec mon fils que j'ai mis au monde ?

- Mon mariage avec votre fils adulte qui est en âge de faire ce qui lui chante.

- C'est sûr que s'il m'avait écoutée au lieu d'épouser une petite orgueilleuse qui n'est visiblement pas au courant que le mariage c'est pour le meilleur et pour le pire, pas pour le sexe et la jolie bague, il n'en serait pas là aujourd'hui.

- C'est sûr que le pire dans un mariage, ça vous connaît, lâcha Keli excédée.

- Ka sa vlé di sa ? s'offusqua Georgette.

-Que je n'ai pas de leçons à recevoir de votre part et que ce que je vous ai demandé c'est si vous savez où est Chris et non pas ce que vous pensez de moi.

- Tu as un sacré toupet de m'appeler pour avoir des nouvelles de mon garçon après lui avoir brisé le cœur comme ça. Tu l'as brouillé avec son propre père, éloigné de sa mère, puis tu l'as quitté après avoir bien profité de son argent. Et ne parlons pas du fait que tu n'as pas été fichue de porter son bébé jusqu'au terme.

- Si votre mari avait passé moins de temps à le battre et vous plus à le protéger, Chris ne se serait éloigné de personne. Quant à notre bébé, vous ne savez rien alors restez à votre place pour une fois. Vous savez où est Chris oui ou non ?

- Je n'ai absolument rien à te dire et ne t'avise jamais plus de me téléphoner sakré ti salòp va ! Kyiiiiiiiiip ! s'emporta Georgette Calvin avant de raccrocher brusquement.

- Et le diplôme de la belle-mère de l'année est décerné à… ! s'exclama Abi, assise sur le canapé, aux côtés de Keli.

Cette dernière sourit.

- Sérieusement ça t'amuse ?

- Quoi qu'elle dise, je la connais trop bien. Elle sait où est Chris et il va bien. C'est tout ce qui compte.

- Qu'est-ce que tu en sais ? demanda Abi, perplexe.

- Elle traite Chris comme s'il avait toujours trois ans. Elle a toujours été surprotectrice à son égard, sauf face à son père bien sûr. Alors crois-moi, si elle ne savait pas où il se trouve, elle aurait déjà débarqué sur Bordeaux et dépêché la garde nationale avant même la fin de cet appel. Elle était beaucoup trop sereine pour quelqu'un qui n'a pas de nouvelles.

- Bon… une inquiétude en moins déjà.

- En effet. Même si je trouve un peu bizarre qu'il ne me réponde même pas à moi, mais enfin.

- Comme tu dis si bien, Chris est un grand garçon et puis il n'est pas parti sans mettre de l'ordre dans ses dossiers donc je pense moi aussi qu'il va bien.

- Espérons.

- Bon alors maintenant qu'on sait que l'homme de ta vie va bien, comment vont les substituts ?

- Les quoi ?! Et puis Chris est mon ex, pas l'homme de ma vie.

- Mouais…. On va dire ça. Les substituts, les mecs dont la fonction est de te faire passer à autre chose jusqu'à ce que ton mystérieux secret avec Chris soit effacé de ton esprit et que tu le reprennes.

- Je ne vais pas le reprendre et j'ai rendez-vous avec le directeur marketing ce soir.

- Le producteur t'a rappelée ?

- Non et tant mieux, Je n'aurais pas décroché.

-        Et le relou VRP là ?

-        Il n'arrête pas de m'envoyer des messages alors que je lui ai clairement signifié que c'était mort. Il paraît que je l'ai jugé sans le connaître, répondit Keli en levant les yeux au ciel.

-        Pauvre chou ! Dire qu'il se voyait déjà te faire dix gamins. Tu penses que tu aurais quand même eu le droit de travailler après le mariage ?

-        Tu me fatigues !

Keli et elle se mirent à rire, puis décidèrent de sortir manger en terrasse. Le directeur marketing avec qui la jeune femme avait bien accroché, lui avait donné rendez-vous en fin de journée sans pour autant préciser d'heure, car il avait une réunion dans l'après-midi et n'était pas en mesure d'en évaluer la durée. Cela faisait un mois qu'elle parlait avec lui tous les jours et tous les soirs et s'il avait quelques côtés un peu macho, dans l'ensemble, elle le trouvait intéressant… et beau garçon. Il était d'origine guadeloupéenne, installé dans l'Hexagone depuis l'enfance et était extrêmement cultivé. Rudy parlait couramment l'italien et se plaisait à faire à Keli de grandes déclarations qu'elle ne comprenait évidemment pas. Tous deux riaient beaucoup et s'étaient déjà téléphoné à plusieurs reprises, y compris en visio.

Il semblait être un bon parti, mais cela restait à vérifier par ce fameux rendez-vous.

***

Keli était terriblement en retard. Rudy l'avait prévenue de ses disponibilités au dernier moment et le temps qu'elle rentre de sa virée avec Abi pour passer se doucher et se changer, le temps semblait s'être considérablement accéléré, de sorte qu'elle arriva au point de rendez-vous avec une heure de retard, alors qu'elle était d'une nature très ponctuelle. Il lui avait donné rendez-vous devant un parc charmant. Keli arriva à bout de souffle et profondément confuse. Rudy, lui, était tranquillement posté devant les grilles, les mains dans les poches de son jean noir déchiré et retroussé, laissant apparaître ses chevilles nues. Il portait également un tee-shirt blanc, un perfecto de cuir noir et des baskets blanches. *Simple mais stylé*, se dit Keli.

- Je suis vraiment, vraiment, vraiment désolée ! lâcha-t-elle en arrivant. Je ne pensais pas qu'il y aurait tant de circulation !

- C'est pas grave, répondit Rudy en souriant. T'es arrivée, c'est l'essentiel. Et tu es magnifique.

Keli lui rendit son sourire et ils entrèrent dans le parc. Ils se mirent à discuter tout en se promenant et finirent par s'installer sur un banc. Keli en profita pour observer ce grand homme mince à la peau foncée et au sourire ravageur. Il avait totalement conscience de sa plastique agréable et en jouait énormément. Pourtant, Keli se trouva surprise par certains de ses propos qu'elle trouva clairement moyenâgeux. Il fit, entre autres, une remarque homophobe et quelques-unes plutôt sexistes, mais elle prit le parti de les ignorer. Au bout d'un moment, ils reprirent leur tour du parc et Keli commença à s'impatienter, puisqu'il marchait comme s'ils se rendaient à un endroit précis sans pour autant y arriver. Elle finit par demander où ils allaient et Rudy lui répondit qu'ils se promenaient simplement. Keli, qui commençait à avoir faim, décida de quitter ce lieu pour chercher un restaurant quelconque. Rudy ne semblait pas très enthousiaste, mais la jeune femme s'en fichait. Ils finirent par échouer dans un bistrot où Keli commanda un petit en-cas. Rudy, lui, ne prit rien d'autre qu'une boisson et un dessert au chocolat. Ils reprirent alors leur discussion et le jeune homme se mit en tête de lui raconter des souvenirs d'enfance. Keli écouta avec attention, mais finit par se lasser par ces récits qui ne connaissaient pas de chute amusante ou surprenante. Elle se mit alors à poser des questions sur son emploi et nota, mentalement, des incohérences. Il était évident qu'il s'y connaissait en marketing, aucun doute là-dessus. En revanche, il ne lui semblait pas qu'il occupait un poste si haut placé qu'il voulait le faire croire. Elle ajouta cette réflexion au dossier qu'elle tenait mentalement sur lui et la soirée se poursuivit. Rudy parlait énormément, ce qui ne déplaisait pas à Keli. Ils rirent beaucoup, mais quelque chose la perturbait sans qu'elle soit en mesure de déterminer quoi.

Il était déjà vingt-deux heures trente lorsqu'ils décidèrent de quitter l'établissement et Rudy insista pour régler la note. Keli lui répondit que ce n'était pas nécessaire et sortit sa carte bancaire, ce qui sembla vexer le jeune homme. Le serveur s'empara des billets de Rudy, expliquant qu'il appliquait la solidarité masculine et qu'il ne contribuerait pas à contrarier son congénère qui souhaitait simplement agir en homme. Keli sourit en se disant qu'elle avait, décidément, affaire à une belle brochette de machos aujourd'hui. Elle décida, cependant, de ne pas insister et le regarda ainsi ranger dans sa poche son portefeuille qui tombait en lambeau et ne semblait pas contenir d'autres billets ni la moindre carte. Elle s'étonna de l'état de cet article dans la mesure où le compte Instagram du jeune homme était rempli de photos où il posait dans des tenues élaborées et luxueuses.

L'avocate n'était pas du genre à s'intéresser à un homme pour son argent, toutefois la somme des détails étranges ne lui disait rien de bon. Rudy ressentit alors le besoin d'expliquer qu'il avait perdu son portefeuille contenant ses cartes bancaires quelques jours auparavant, ce à quoi Keli ne crut pas une seule seconde. Ils quittèrent donc l'établissement et recommencèrent à marcher sans but. La jeune femme, qui commençait à avoir mal aux pieds, s'arrêta et s'appuya contre une barrière, refusant catégoriquement de marcher davantage sans destination précise. Comme Rudy ne disait rien, Keli annonça qu'il était temps de rentrer chez elle. Le jeune homme s'en trouva piqué. Elle se pencha vers lui pour lui faire une bise d'adieu et il en profita pour l'embrasser sur la bouche, la coinçant contre la fameuse barrière. Keli trouva ce baiser très doux et le laissa continuer. Lorsqu'il se détacha d'elle, la discussion reprit, plus calme, plus intéressante. La jeune femme ne savait pas trop quoi penser de cet homme qui semblait double. Elle se souvint alors qu'il était Gémeau et en conclut que c'était probablement la raison de son attitude changeante. Elle lui parla un peu de son métier et se trouva surprise de l'attention particulière qu'il y portait. Puis, lorsqu'elle n'eut plus rien à dire, il recommença à l'embrasser, aventurant ses mains sur ses fesses, ce qui lui provoqua en elle une vague d'excitation. Rudy lui proposa alors de rentrer avec lui. Keli hésita. Elle était à peu près sûre que cette relation ne mènerait nulle part et qu'il n'était pas ce qu'il prétendait être. Seulement il fallait reconnaître qu'il était bel homme et qu'il représentait donc une distraction intéressante. Il lui demanda alors ce qui la faisait hésiter, se collant contre son corps. À cet instant, Keli pensa à Abi et eut envie de rire. Ce rapprochement avait révélé à la jeune femme un argument non négligeable que possédait le pseudo-directeur marketing. Elle se laissa donc tenter.

Arrivés chez lui, Keli se plaignit de la chaleur qui régnait en cette fin de mois de juin et il lui souffla l'idée de prendre une douche, ce qu'elle accepta bien volontiers. Il lui tendit ainsi un gant et une serviette et la conduisit jusqu'à la petite salle de bain de son studio. Elle y entra et se dit alors qu'il serait dommage d'en profiter seule. Elle suggéra donc à Rudy de prendre cette douche avec elle, ce qu'il accepta sans se faire prier. Il se déshabilla instantanément et pénétra dans la cabine dans laquelle Keli le rejoignit quelques secondes plus tard. Dès qu'elle fut à sa portée, il l'embrassa à nouveau, sensuellement tandis que l'eau brûlante s'écoulait sur leur peau. Ils restèrent là un moment avant de se sécher et de rejoindre le canapé-lit de Rudy qu'il déplia aussi rapidement qu'il s'était dénudé. Keli s'y allongea et il se mit en tête de lui faire un massage intégral. Elle se laissa donc faire, savourant les aptitudes cachées du jeune homme. Puis la bouche et la langue de Rudy prirent le relai de ses mains et l'avocate se dit que ses talents en la matière étaient proportionnels à l'énormité de ses mensonges. Il était désormais certain que cet homme n'était pas directeur marketing et qu'il vivait très probablement au-dessus de ses moyens, mais à ce moment précis, elle s'en fichait. Ils firent donc l'amour deux fois au cours de la nuit et Keli finit par s'endormir après s'être assurée d'avoir son sac et son téléphone près d'elle, ne perdant pas de vue que le bon amant était surtout un usurpateur.

Au petit matin, il la réveilla pour un troisième round, puis un quatrième. Keli se dit qu'elle n'avait pas perdu sa soirée, ni sa matinée d'ailleurs. Il tenta, par la suite, de tenir un semblant de conversation, mais la jeune femme n'était pas vraiment concentrée sur ses propos. Elle avait faim et au fil du temps, il semblait plus qu'évident qu'aucun petit-déjeuner ne lui serait proposé. Elle ne tilta même pas sur la quantité de fois, au cours de la nuit et de la matinée qui avait suivi, où il lui avait signifié à quel point elle était belle et comme elle allait lui manquer quand elle allait rentrer chez elle. Keli ne comptait pas revenir, alors peu importe ce qu'il pouvait bien dire.

Vers onze heures, elle alla prendre sa douche, seule cette fois et quitta le studio pour rentrer chez elle après avoir, cependant, accepté de le revoir le soir-même. Elle se dit qu'elle n'avait rien à perdre à poursuivre les festivités, d'autant qu'elle devait aller faire les boutiques, dans l'après-midi, avec sa sœur, afin de l'aider à trouver la fameuse paire de chaussures qui épouserait à merveille sa robe de mariée. Elle sentait d'ores-et-déjà que la mission serait périlleuse et un peu de légèreté ne lui ferait pas de mal.

***

Keli ne s'était pas trompé quant aux difficultés à trouver des chaussures qui plairaient à Johanna. « *Bridezilla* » était de retour et seule la présence d'Abi avait permis à Keli de s'abstenir d'assassiner sa sœur à coup de talon d'escarpin dans le cœur. Elles avaient finalement relevé le défi avec brio et étaient allées fêter ça dans un bar à vin où la future mariée avait décidé d'inviter ses deux demoiselles d'honneur. Elles s'y amusèrent bien et Keli, lessivée par sa semaine et son début de week-end, décida de rentrer un peu avant vingt-heure. Elle nota que le mythomane du marketing n'avait pas donné de nouvelles, ce qui l'arrangeait bien étant donné le programme détente et solitude dont elle avait réellement envie. Elle se fit ainsi couler un bain dans lequel elle se glissa avec une assiette de saumon fumé et un immense verre de vin blanc. Elle savoura ces petits plaisirs en musique et ce, jusqu'à ce que l'eau fut froide. Lorsqu'elle quitta la baignoire, Rudy n'avait toujours pas tenté de la joindre. Elle sourit. Bien que la soirée fut agréable, elle savait bien que cette relation n'en serait jamais une et elle se réjouit donc de ne pas avoir à faire la conversation à qui que ce soit. Elle termina sa bouteille de vin à elle-seule et se coucha un peu avant vingt-trois heures, seule et sereine.

***

Le lendemain matin, Patrick Norram, le père de Keli, lui téléphona afin de lui proposer de passer la journée avec lui, ce qu'elle accepta bien volontiers. Naomi avait prévenu qu'elle resterait enfermée toute la journée dans son atelier, obnubilée par une toile en cours et Johanna avait prévu de passer la journée avec son futur époux. Le père et la fille partirent donc pour une journée vélo et pique-nique durant laquelle ils discutèrent énormément de tout et de rien. Keli se trouva apaisée de cet instant avec son père et rentra chez elle en fin de journée, heureuse.

Lorsqu'elle ouvrit la porte d'entrée, elle fut interpellée par un bruit régulier en provenance du salon. Elle s'avança et aperçut Chris qui lui tournait le dos, assis sur le sol.

-        Tiens, t'as fini de bouder toi ? lança-t-elle en ôtant ses chaussures.

Chris ne répondit pas. Keli ne lui en tint pas rigueur et continua à parler, lui racontant sa journée avec son père. Elle se servit un verre d'eau et s'apprêtait à lui conter sa désagréable conversation téléphonique avec Georgette Calvin lorsqu'elle se rappela que Chris lui avait remis la clef de la maison lors de sa dernière visite.

-        Au fait Chris comment t'es rentré ? Tu avais encore un double ? T'en as fait combien comme ça ?

Son ex-mari demeurant étonnamment silencieux, Keli fit le tour du comptoir et vit alors des éclats de verre sur le sol. Il avait tout simplement brisé un carreau pour accéder à la poignée de la porte.

-        Chris ! s'écria-t-elle furieuse. T'as pété un carreau, sérieux ?! Mais t'as complètement vrillé ma parole ! Maintenant tu rentres carrément chez moi par effraction !

Le silence du jeune homme augmentant sa colère, Keli fit quelques pas vers lui et se rendit compte qu'il effectuait un mouvement machinal avec une concentration effrayante. Elle s'avança encore un peu et vit qu'il était en train de frotter avec acharnement le tapis se trouvant sous la table-basse avec une brosse et du savon. Ce tapis, Keli l'avait tâché en y renversant un verre de vin rouge lors de leur première soirée dans la maison. Ils s'étaient tous deux résignés à ce que cette tâche ne parte jamais et cela n'avait jamais été une source de crispation chez eux. Seulement Keli connaissait Chris. S'il était clairement plus ordonné qu'elle et un brin maniaque, il n'y avait que dans un cas très précis qu'il se focalisait ainsi sur l'éradication des tâches. Consciente que l'heure était grave, elle s'avança doucement et s'installa sur le sol près de lui.

- Chris, murmura-t-elle, qu'est-ce qui ne va pas ?

Mais Chris continuait à frotter furieusement ce tapis qui se décolorait davantage à chaque coup de brosse. Keli s'agenouilla alors en face de lui et posa sa main sur la sienne, l'obligeant à interrompre son mouvement. Il leva enfin les yeux vers elle, semblant subitement prendre conscience de sa présence. Il resta pourtant muet, le regard vide.

- Bébé, qu'est-ce qu'il y a ? demanda-t-elle à nouveau en caressant son visage avec tendresse.

- Le tapis, fit-il, l'air désorienté. Il est tâché.

- Mon cœur ce tapis ça fait des années qu'il est tâché, tu le sais bien. C'est ma faute d'ailleurs. Chris, qu'est-ce qu'il y a ? Qu'est-ce qu'il s'est passé ?

Christopher fronça les sourcils, semblant enfin la voir réellement. La première et dernière fois que Keli l'avait vu dans un tel état, c'était lorsque son père mourut d'une crise cardiaque. Le jeune homme avait alors totalement perdu pied, alternant entre crises de nettoyage et mutisme persistant. Il s'était enfermé un temps chez eux et avait progressivement recommencé à boire, puis à se droguer, comme avant leur rencontre.

Au début, il se contentait de fumer un peu d'herbe pour pouvoir dormir et ne plus penser à ce mélange de haine et de tristesse qui entourait la perte de ce père qui avait également été son bourreau. Puis il était retourné au cabinet, bâclant les affaires et disparaissant au milieu de la journée. Chacun mettait cela sur le compte du deuil, de la tristesse, mais Keli se rendit rapidement compte qu'il était tout simplement ivre et probablement drogué. Elle lui en avait parlé, mais il avait persisté à mentir, soutenant qu'il était sobre. Elle savait bien qu'il mentait, plantant ainsi le premier clou dans le cercueil de leur mariage. Keli se mit alors à l'observer attentivement et comprit qu'il était totalement drogué lors de ses plaidoiries et que lorsqu'il quittait le cabinet, c'était en fait pour rejoindre Jordan et d'autres amis peu fréquentables qu'il avait autrefois. L'arrêt des drogues et la diminution drastique de l'alcool avaient pourtant été la condition imposée par Keli pour qu'elle accepte de se mettre en couple avec lui, puis qu'elle l'épouse et il avait juré de ne plus tomber dans ce type de travers. Pourtant, non seulement il n'avait pas tenu sa promesse, mais il s'était également mis à mettre sa carrière et leur cabinet en danger par de tels agissements. Pire, il lui mentait éhontément, ce qu'il n'avait jamais fait jusque-là. Keli avait tenté de lui faire aller voir un psychologue. Il avait accepté, sentant sa femme lui échapper, mais ne s'y était en fait jamais rendu. Ceci aussi elle s'en était aperçu avec le temps. Malgré tout cela, Keli était restée et avait rattrapé chacune de ses bévues professionnelles, s'épuisant au travail et redoutant de rentrer chez elle, ne sachant jamais si son mari s'y trouvait, ni dans quel état.

- Bébé, il faut que tu me dises ce qu'il se passe maintenant. Parle-moi, insista Keli de plus en plus inquiète.

- Je me rappelle maintenant…. Elle était là. Allongée dans le lit, elle était nue.

- De quoi tu parles Chris ? demanda Keli, tentant de masquer son angoisse grandissante.

- Mia, souffla-t-il en plongeant son regard dans le sien. Elle ne mentait pas…. Elle a bien été violée… C'est ma faute, Kel'. C'est ma faute.

VII

Keli posa la main sur son ventre, revivant instantanément les pires heures de sa vie. Elle se rappelait encore comme elle était fatiguée en quittant la maison ce matin-là, pour se rendre chez Mia qui lui avait téléphoné, totalement déboussolée. Chris était encore couché sur le canapé et ne semblait pas près d'émerger.

La veille au soir, il s'était rendu à l'anniversaire de Jordan et était rentré à l'aube dans un état lamentable. Keli en avait conclu qu'il avait bu et qu'il s'était probablement drogué et une violente dispute avait alors éclaté. Chris avait fini par lui hurler de se taire et s'était purement et simplement couché sur le canapé, ignorant totalement la présence de sa femme. Keli était alors montée dans leur chambre, pour tenter de dormir un peu, mais elle était bien trop énervée pour cela. Elle souffrait de crampes au ventre depuis plusieurs jours et tenait à peine debout tant elle avait dû travailler pour rattraper le laxisme de son mari et associé. Pourtant, lorsqu'elle reçut le coup de fil de Mia, quelque chose lui commanda d'aller la rejoindre sans attendre. Elle se prépara donc, bravant la douleur, et arriva tant bien que mal chez Mia qui n'avait même pas pris la peine de verrouiller sa porte d'entrée.

L'avocate trouva son amie recroquevillée dans le noir, le visage maculé d'un mélange de maquillage et de larmes. Elle se précipita à ses côtés et tenta de la faire parler, en vain. La jeune femme décida donc de rester assise sur le canapé rouge, attendant que Mia se décide à se confier.

Lorsque Keli prit la main de son amie, cette dernière sursauta et se dégagea immédiatement, croisant enfin son regard. Keli la supplia de parler et Mia finit par balbutier qu'elle s'était réveillée nue dans une chambre qu'elle ne connaissait pas, sans comprendre comment elle y était arrivée. Elle se rappelait seulement s'être rendue à la fête de Jordan, avoir bu et dansé un peu, puis s'être retrouvée seule dans ce lit. En ouvrant les yeux, elle s'était sentie mal, mais avait trouvé la force de se rhabiller et de quitter la chambre. Elle s'était alors rendu compte que nombre d'invités étaient encore présents et que la fête était loin d'être finie. Elle se rappelait aussi avoir croisé l'étrange regard de Jordan qui lui avait glacé le sang, puis s'être précipitée dehors, sans but. Un ami de Chris et de Jordan l'avait trouvée en bas de l'immeuble, désorientée, et ramenée jusque chez elle. Là, elle s'était endormie et les flashs avaient alors commencé à apparaître. Elle revoyait Jordan la conduire dans la chambre, puis la déshabiller. Elle se rappelait s'être sentie pâteuse et incapable de bouger. Ses yeux s'étaient ouverts puis fermés à plusieurs reprises, offrant un tableau différent à chaque fois. Elle revit Jordan au-dessus d'elle, torse nu. L'instant d'après, elle l'aperçut un téléphone à la main. Puis l'obscurité s'était à nouveau installée et elle était certaine d'avoir vu Chris lui sourire à plusieurs reprises. Elle savait qu'elle avait dit non à Jordan et qu'elle avait supplié Chris de l'aider, en vain. Elle vit la porte s'ouvrir, entendit des rires, revit le visage de Chris et plus rien jusqu'à son réveil dans des draps qui n'étaient pas les siens, des emballages de préservatifs usagés près de l'oreiller.

Keli fut prise de nausée. Chris ne pouvait pas être mêlé à ça, de près ou de loin. Jamais il n'aurait abusé d'une femme, elle en était sûre. Pourtant, elle demeurait incapable de s'expliquer sa présence et surtout son inaction. L'avocate prenant le pas sur la confidente, la jeune femme rassembla ses forces et se leva, indiquant à Mia qu'elles devaient se rendre à l'hôpital pour qu'elle y soit examinée. Mia n'en avait pas envie, elle voulait simplement rester là jusqu'à ce que sa honte et sa douleur s'estompent, mais Keli ne l'entendait pas de cette oreille. Elle lui parla doucement, mais fermement, tel un hypnotiseur et lui répéta que quoi qu'elle fasse de ces prélèvements par la suite, il était primordial de les effectuer tout de même. Mia se leva alors et suivit Keli sans un mot. Ensemble, elles se rendirent dans une unité spéciale du centre hospitalier, dédiée aux violences sexuelles. Mia fut prise en charge, tandis que Keli resta dans la salle d'attente, comme figée par l'effroi. Ses crampes reprirent alors, mais la douleur n'était rien à côté de ce qu'elle ressentait à cet instant précis. Mia ne savait pas encore si elle souhaitait porter plainte, d'autant que ses souvenirs ne lui paraissaient pas suffisamment clairs. Le médecin lui avait confirmé avoir relevé des traces d'un rapport sexuel plutôt violent et il était plus qu'évident qu'elle n'avait pas été en état d'y consentir. Keli fut prise de vertiges, ce qui inquiéta à la fois le médecin et Mia, mais elle affirma que tout allait bien, qu'il s'agissait juste de fatigue. L'avocate conduisit son amie chez une de ses cousines qui avait accepté de l'héberger et reprit la route, la boule au ventre. Lorsqu'elle rentra chez elle, il faisait déjà nuit et Chris était en train de faire à manger. Il n'avait plus cette mine de déterré qu'il traînait en revenant ce matin-là et l'espace d'un instant, Keli eu envie de croire que tout ceci n'était qu'un mauvais rêve.

-        Ça va ma puce ? demanda-t-il, jovial, en tentant de l'embrasser.

Keli recula, à la grande surprise de son mari.

-        Qu'est-ce qu'il se passe ? s'étonna-t-il, les sourcils froncés.

-        J'étais avec Mia.

-        OK, et alors ?

-        Et alors elle a été violée. Pendant votre soirée de débauche et probablement par l'autre trou du cul qui te sert d'ami.

-        Attends, attends ! De quoi tu parles là ?

-        Jordan a violé Mia.

-        N'importe quoi. Comme s'il avait besoin de ça. Il ne l'a même pas captée ta copine.

-        Mia a été violée et elle se souvient que c'était par Jordan.

-        Keli arrête ça. Il ne s'est rien passé avec Mia. Tu délires ou quoi ce soir ?

-        Moi je la crois.

Chris leva les yeux au ciel, excédé.

-        Elle était bourrée ta copine….

-        Comme toi tu veux dire ?

- Je n'ai bu qu'un verre, je te l'ai déjà dit ce matin.

- Et tu as consommé quoi d'autre ?

- Rien du tout.

- Chris, tu ne tenais même pas debout ce matin en rentrant. Tu disais n'importe quoi en plus.

- Tu exagères, comme d'hab.

- Je te connais, c'est tout. Tu étais complètement défoncé ce matin.

- J'ai rien pris putain ! Faut que je te le dise combien de fois ? hurla subitement Chris, hors de lui.

Keli se figea. Pour la première fois depuis qu'elle le connaissait, elle eut peur de Chris. Il était dans un tel état de rage qu'elle se demanda jusqu'où il était capable d'aller. Il continua à pester à propos du fait qu'elle ne lui faisait pas confiance et qu'elle le traitait comme un gamin, sans pour autant baisser la voix. Keli se mit à reculer et c'est à cet instant qu'il se rendit compte qu'il l'effrayait. Sa colère tomba brusquement et il fit quelques pas vers son épouse, confus.

- Ma puce je suis désolé. Je ne voulais pas crier.

Keli recula à nouveau.

- Attends Keli... t'as peur de moi ? demanda-t-il, stupéfait.

La jeune femme demeura silencieuse. Chris tenta à nouveau de s'approcher. Cette fois-ci, elle ne bougea pas.

- Tu sais que je ne te ferai jamais de mal, rassure-moi ?

- Je ne sais plus ce dont tu es capable, répondit-elle froidement. Tu fais n'importe quoi depuis des semaines. Tu bois, tu te drogues, tu sabotes le cabinet, tu disparais pendant des heures.

- -Kel'….

- Tu n'arrêtes pas de me mentir, tu fais des crises de colère et maintenant tu élèves carrément la voix sur moi.

- Je t'ai dit que j'étais désolé.

- Il s'est passé quoi avec Mia hier soir ? reprit Keli. Tu as couché avec elle ? Vous avez flirté ? Je ne sais pas moi, mais quoi que tu aies fait, il faut que tu me le dises.

- Mais t'as pété un plomb ma parole ! s'exclama Chris. Je ne t'ai jamais trompé. Je ne couche pas avec ta copine, il n'y a toujours eu que toi, alors arrête avec ça.

-       Elle dit que tu étais là.

-       Où ça, à la fête ? Bah c'est pas un secret, je t'avais laissé un mot sur le comptoir avant de partir.

-       Dans la chambre avec eux.

-       Eux qui ?

-       Jordan et elle.

-       Et donc quoi, tu crois qu'on a partouzé ta copine ? ironisa Chris, écœuré.

-       Pourquoi tu étais dans cette chambre bordel ?! s'écria Keli.

-       Je n'étais pas avec Mia, Keli. J'ai rigolé avec mes potes, j'ai bu un verre d'un cocktail dégueulasse qui m'a filé mal au crâne, puis j'ai choisi d'aller m'allonger le temps que ça passe. Je n'ai rien consommé d'autre, je n'ai pas fumé, je n'ai rien sniffé, je n'ai pas avalé de cachets. Et je n'ai pas non plus baisé ta copine si c'est ce que tu veux savoir.

-       Violée, rectifia Keli. Elle a été violée.

-       Et ce serait par moi dans ton grand délire ?

-       Je n'ai pas dit ça.

-       C'est tout comme.

-       Alors aide-moi à comprendre Chris !

-       Je ne peux pas t'aider puisqu'il ne s'est rien passé. Jordan n'a pas violé Mia. Peut-être qu'il se l'est tapé et qu'elle regrette, j'en sais rien. Moi je n'étais pas avec eux, je n'ai jamais forcé une femme et puis je suis un homme marié au cas où tu l'aurais oublié.

-       Pourquoi tu étais dans cet état ce matin ? persista l'avocate.

-       Keli tu me fais chier, j'en sais rien ! Je suppose que j'ai accumulé trop de fatigue, que mon organisme ne tient plus l'alcool vu tout ce que je me suis enfilé ces temps-ici. Je sais pas. Vraiment. Faut que tu me croies. Tu m'as demandé d'arrêter de me défoncer et je l'ai fait.

-       Tu me mens depuis tellement longtemps que je ne sais plus si je peux te faire confiance.

-       Tu m'as demandé de choisir entre cette vie et toi et je t'ai choisie toi, je ne sais pas ce que tu veux que je te dise de plus.

-       La vérité.

-       Putain Keli arrête ça sérieux ! s'emporta Chris à nouveau.

-       Arrête de crier, murmura Keli en se tenant le ventre.

Chris leva les yeux vers sa femme qui semblait souffrir le martyr. Il fit quelques pas vers elle et se rendit compte avec effroi que du sang coulait le long de ses cuisses. Il se précipita alors vers elle, paniqué.

- Ma puce qu'est-ce qu'il y a ? Allonge-toi, dit-il en la guidant jusqu'au canapé.

- J'ai mal au ventre, balbutia Keli. Chris, j'ai peur.

Christopher pensa à appeler les secours, puis il réfléchit et décida que ce serait plus rapide qu'il conduise lui-même son épouse aux urgences. Il courut chercher une serviette de bain, attrapa le manteau et le sac de Keli, jeta le tout dans la voiture, puis revint à l'intérieur où il la prit dans ses bras afin de la porter sur le siège avant du véhicule. Il retourna verrouiller la maison et démarra en trombe pour l'hôpital. La jeune femme fut immédiatement prise en charge et le couple appris coup sur coup qu'elle était enceinte de quelques semaines et qu'elle venait de faire une fausse-couche.

VIII

Keli se tourna et se retourna dans son lit une bonne partie de la nuit, passant pour la millième fois en revue les événements de cette fameuse nuit. Elle cherchait à comprendre ce qui lui échappait et avait bien compris que Chris n'était pas près de pouvoir lui apporter la moindre réponse.

Elle avait mis un temps fou à le calmer après sa petite intrusion par effraction, et il n'avait pas dit grand-chose de plus à propos de Mia. Les souvenirs lui revenaient par flashs et il était torturé à l'idée de s'être livré à des actes odieux. Si Keli avait éprouvé des doutes durant des mois, elle était désormais certaine que Chris n'était pas aussi coupable qu'il y paraissait. Elle le lui avait signifié, ce qui l'avait clairement apaisé, puis estimant qu'il ne fallait pas trop forcer pour ce soir, elle lui proposa de monter se coucher avec elle. Chris se trouva heureux de ne pas avoir à rester seul, mais il insista pour dormir dans le canapé, sans elle. Keli ne protesta pas, mais s'en trouva piquée, sans trop savoir pourquoi. Elle était donc montée sans lui et avait passé nuit entre phases de sommeil léger, regrets, remords et théories en tous genres.

Vers huit heures du matin, elle décida de descendre rejoindre Chris et trouva le salon vide de toute présence humaine. Les draps et l'oreiller étaient soigneusement pliés dans un coin du canapé et Keli sentit une vague d'angoisse l'envahir. Elle resta quelques instants plantée au milieu du salon, ne sachant trop quoi faire. C'est alors que la porte d'entrée s'ouvrit, laissant apparaître Chris, le visage frais, un cabas dans les bras.

- Mon Dieu Chris, j'étais morte d'inquiétude ! Où tu étais ? s'exclama-t-elle, soulagée.

- Invité par des potes à une te-fê, on s'amusait bien, je n'ai pas vu l'heure qu'il était ! déclama-t-il, tout sourire.

Keli éclata de rire. Elle ne savait plus combien de fois ils avaient écouté ce titre de Ménélik durant leurs virées en voiture. Aimant tous les deux la musique, ils avaient avalé ensemble les kilomètres en se livrant à des blind test ou en s'affrontant dans une petite compétition consistant à mettre, à tour de rôle, un morceau plus qualitatif que le précédent, sur un thème précis. « *Bye bye* », c'était leur morceau nostalgie et Chris aimait en citer quelques mots quand l'occasion s'y prêtait.

- T'es bête ! lâcha-t-elle, hilare.

- Tu m'as tendu la perche en même temps !

- Je vois que tu vas mieux, je suis contente.

- Ça peut aller, oui. Je suis sorti faire quelques courses. Je me suis dit que ça te ferait plaisir que je te fasse à déjeuner. Enfin sauf si tu as autre chose à faire….

- Non, c'est parfait, merci, répondit Keli, enthousiaste.

- Je suis désolé pour le carreau tu sais. Je ne sais pas trop pourquoi, mais j'avais besoin d'être ici et je sentais que j'allais devenir dingue si je n'entrais pas. Mais j'ai fait le nécessaire pour que ça soit réparé aujourd'hui même.

- Ce n'est pas grave. Mais la prochaine fois, utilise une clef, ça sera plus simple.

- Une clef hein ? répéta Chris, taquin.

- Oui…. Je me suis dit que tu voudrais peut-être rester ici quelques temps ? Enfin c'est toi qui vois.

Chris sourit et déballa les courses en silence. Keli le regarda faire. Il savait très bien qu'elle attendait une réponse et trouva amusant d'entamer la préparation du repas comme si de rien n'était.

-        Sinon tu as l'intention de me répondre ou pas ? s'impatienta Keli.

-        Répondre à ? demanda innocemment Chris.

-        Tu restes ou pas ?

-        Anw, ça….

Chris sourit et sortit la planche à découper.

-        Chris !

-        C'est bon, calme-toi ! répondit-il en riant. Je vais rester. Enfin si tu n'as pas transformé la chambre d'ami en un deuxième dressing.

-        La chambre d'ami ? reprit Keli, les sourcils froncés.

-        Wep, dit Chris en saisissant un couteau. On a bien choisi le canapé, mais de là à y passer plusieurs nuits, faut pas pousser. Et j'ai pris conscience de plein de trucs ces derniers temps. Il faut que je te laisse partir alors je vais squatter ici, mais je me ferai petit. Tu as ta vie maintenant, je respecte ça.

Keli ne répondit pas. Elle était contrariée et se sentit bête de l'être. Elle avait passé des mois à rappeler à son ex-mari qu'ils n'étaient plus ensemble, plusieurs semaines à tenter de refaire sa vie et maintenant que Chris comprenait enfin le message, cela la blessait profondément.

- Au fait, tu étais où durant ces quinze derniers jours ? demanda-t-elle pour masquer sa gêne.

- En Guadeloupe.

- Je ne m'étais pas trompé donc. Ta mère savait bien où tu étais

- Ma mère ? s'étonna Chris.

- Comme tu ne donnais pas de nouvelles, je l'ai appelée. Comme tu t'en doutes, j'ai été bien reçue...

- C'est-à-dire ?

- Ah bah elle en a profité pour m'accuser de t'avoir brisé le cœur et mangé ton argent.

- Merde, soupira Chris. Désolé Kel'.

- Tu n'y es pour rien.

- Quelqu'un de très avisé m'a dit que je devais réparer mes erreurs pour aller mieux. J'ai compris que pour ça, je devais déjà affronter mes démons intérieurs.

- Ah oui ?

- Du coup je suis allé sur la tombe de mon père et puis j'en ai profité pour dire à ma mère ce que je pensais d'elle et ce que j'ai ressenti toutes ces fois où elle l'a laissé me martyriser. Tu as certainement dû lui téléphoner juste après.

- Wow, ça a dû être mouvementé.

- Tu connais ma mère. Elle a pleuré, crié, fait son cirque habituel, mais ça ne m'a pas ému plus que ça. J'avais besoin que ça sorte.

- Je comprends mieux pourquoi elle a été aussi loin avec moi alors.

- Loin comment ?

- Elle a parlé du bébé. Selon elle, je n'ai pas été fichue de porter ton enfant jusqu'au terme.

Chris s'arrêta net, stupéfait. Il n'y avait pas un jour où il n'avait pas pensé à ce bébé ni à ce qu'aurait été leur vie s'il était venu au monde. À son retour de l'hôpital, Keli était restée muette durant des jours, refusant même de se nourrir. Elle s'était allongée dans leur lit et ne l'avait quitté que pour aller aux toilettes. Chris s'était occupé d'elle, allant jusqu'à s'assurer qu'elle s'hydrate correctement et prenne une douche quotidienne. Il était resté allongé près d'elle, l'écoutant pleurer sans parler, rongé par la culpabilité. Il avait dédié tout son temps et son énergie à sa femme et n'avait donc pas pu faire son deuil d'un enfant qui était aussi le sien et dont il rêvait bien avant même d'en apprendre l'existence, puis la disparition.

-       Je te demande pardon, murmura le jeune homme.

-       C'est ta mère, j'en ai vu d'autres avec elle, répondit Keli, haussant les épaules.

-       Je parle de la fausse-couche. C'était ma faute. Tu n'imagines à quel point je m'en veux.

Keli fronça les sourcils. Elle se pencha au-dessus du comptoir devant lequel elle était assise et caressa le visage de son ancien époux.

-       Je ne t'en veux pas. C'est arrivé pour une raison. On ne saura peut-être jamais laquelle, mais c'est comme ça. Se flageller ne nous le ramènera pas.

-       Je pense à lui tous les jours, tu sais….

Keli ne répondit pas. Elle avait honte de l'admettre, mais elle, elle n'y pensait plus que rarement et cela lui convenait parfaitement ainsi.

-       Tu crois que j'aurais été un bon père, demanda tristement Chris. Je veux dire vu l'exemple que j'ai eu…

-       Je n'en ai jamais douté, lui assura Keli.

Chris sourit et se remit à sa préparation culinaire.

-       J'ai fait des séances d'hypnose, avoua-t-il soudainement. C'est comme ça que j'ai commencé à me rappeler, mais la thérapeute dit que quelque chose obstrue ma mémoire. Il faut que je trouve quoi pour avoir la clef de l'énigme.

-       Toi tu as vu un thérapeute ? Mais qui êtes-vous monsieur ? s'étonna Keli.

-

Chris sourit et commença sa cuisson.

-       Est-ce que ça t'embête si je bosse depuis ici ? Si je squatte le bureau, je pourrais en profiter pour poursuivre mes recherches sans prendre de retard sur les affaires du cabinet.

-       Non, tu fais comme tu veux. Je suis contente que tu restes un peu.

-        Fais gaffe, tu vas retomber amoureuse de moi si je reste trop longtemps, dit-il avec un étrange sourire.

-        Ne prends pas tes rêves pour la réalité, lâcha Keli en descendant de son tabouret.

Chris s'apprêtait à répondre, lorsque son attention fut attirée par son téléphone qui sonnait. Il hésita un moment, ne reconnaissant pas le numéro, mais décrocha tout de même lorsqu'il vit qu'il s'agissait d'un appel sur sa ligne professionnelle. C'était une voix de femme. Il mit quelques secondes avant de comprendre qu'il s'agissait de Sophie et l'écouta parler en suivant des yeux Keli qui mettait la table. Elle lui expliqua qu'elle n'avait cessé de penser à lui depuis la nuit qu'ils avaient passée ensemble et lui proposa un rendez-vous. Chris fit signe à Keli de surveiller la cuisson et alla s'enfermer dans la salle de bain afin de signifier clairement à sa conquête d'un soir qu'il n'était pas intéressé et que cette histoire n'avait pas eu la moindre importance pour lui. Mais Sophie ne l'entendait pas de cette oreille et elle commença à hurler au téléphone. Elle l'injuria et Chris se contenta de lui souhaiter une bonne journée avant de raccrocher. A son retour, Keli le fixa d'un œil suspicieux.

-        Un problème ? demanda-t-elle.

- Non, pourquoi ?

- Tu n'as jamais su me mentir.

- Et toi t'as toujours été beaucoup trop curieuse. On mange ou t'as cramé mon chef-d'œuvre ?

Keli plissa les yeux mais n'ajouta rien de plus. Le jeune homme rectifia l'assaisonnement de son plat, l'apporta à table et s'installa tranquillement devant son assiette, oubliant rapidement Sophie et ses supplications.

***

- Il doit s'en aller ! déclara Keli en pénétrant en trombe dans l'appartement d'Abi.

- Pourquoi ? C'est un mauvais colloc' ? demanda son amie, perplexe.

- Au contraire !

- C'est quoi ton problème alors ?

- Il est absolument parfait, j'en peux plus ! Il s'est mis en télétravail, du coup il fait tout dans la maison. Quand je rentre, tout est propre, la lessive est faite et j'ai un petit plat différent chaque jour et mon déjeuner du midi de prêt pour le lendemain.

-       Oh mon Dieu quel cauchemar ! ironisa Abi.

-       Non mais tu ne comprends pas ! Il est attentionné, toujours de bonne humeur, on rigole, on parle, bref c'est presque mieux que quand on était mariés !

-       Je répète, c'est quoi ton problème donc ?

-       J'ai constamment envie de coucher avec lui, voilà mon problème. Tu n'imagines même pas comme je suis frustrée.

-       Désolée je ne saisis pas. T'es en train de me dire qu'il est chez toi depuis un mois et qu'il ne se passe rien ?

-       Rien du tout !

-       C'est une blague ?

-       Pas du tout. Il dort dans la chambre d'ami et n'arrête pas de me dire comme il est content qu'on puisse être amis. Je commence à me dire que c'est la drogue et l'alcool qui lui donnaient envie de moi avant. Maintenant qu'il est sobre….

-       N'importe quoi. Chris est accro à toi et ça a toujours été. Allume-le un peu, il devrait céder assez vite.

-       Abi je n'ai jamais passé autant de temps en serviette ou en culotte que depuis qu'il est là et rien ! Il ne mate même pas.

- Il se fout de ta gueule surtout.

- Comment ça ?

- Il se venge ma poule. Tu l'as quitté, tu le fais galérer depuis des mois, si tu veux qu'il te donne du coco, tu vas devoir lui demander clairement.

- Même pas en rêve.

- Alors trouve-toi un vibro, copine.

Keli réfléchit quelques instants. Abi avait entièrement raison. Depuis quatre semaines, Chris était irréprochable tout en ne ratant pas une occasion d'entrer en contact physique avec elle. Pour autant, il ne tentait rien et semblait ne comprendre aucune des allusions sexuelles que pouvait faire Keli. Il jouait avec elle et elle ne s'en était même pas rendue compte. La jeune femme s'apprêtait à répondre à son amie lorsque son attention se fixa sur son aspect général.

- Tu ne m'avais pas dit que tu restais tranquille chez toi pour une soirée plateau télé Netflix toi ? demanda-t-elle brusquement.

- Si pourquoi ? répondit Abi.

- Parce que je te trouve sacrément bonne pour quelqu'un qui comptait regarder la télé.

-       J'ai lu un article qui expliquait que c'est important de prendre soin de soi même quand on ne sort pas.

-       À d'autres, t'as un rencard et tu comptais me le cacher.

-       Pas du tout.

-       Menteuse ! Je le connais ?

-       Non.

-       Donc tu as un bien un rencard et je le connais en plus.

-       OK, je vois un mec mais tu ne le connais pas.

-       Faux.

-       Qu'est-ce qui te fait dire ça ?

-       Le fait que tu mentes à ta meilleure amie, peut-être ! Espèce de peste ! Dis-moi qui c'est ou je reste vissée à ton canapé jusqu'à ce qu'il arrive.

-       OK c'est Cédric. Mais il n'y a rien entre nous, on va juste dîner et regarder un film.

La bouche de Keli s'ouvrit en grand mais aucun son n'en sortit.

- Arrête de me regarder comme ça, dit Abi, mal à l'aise.

- Mais quelle *bitch* !! Elle comptait prendre son petit koké tranquillement avec Maître K.B White sans m'en parler. Je suis outrageusement outrée !

- Et si tu allais te taper ton mari toi au lieu de te mêler de mes affaires ? lâcha Abi faussement agacée.

- C'est bon, c'est bon, je m'en vais, dit Keli en se levant. Je te laisse à ta soirée « *Netflix and jouis* » … Enfin « *chill* », pardon…. Tu penseras quand même à me dire c'est quel genre de film qui nécessite d'avoir des jambes lisses comme ça et un décolleté interdit au moins de 25 ans !

- Dégage ! marmonna Abi en lui jetant un coussin.

Keli se leva, hilare.

- Oh oui Maître K.B White ! J'aime votre gros chocolat blanc ! déclara Keli d'une voix exagérément sensuelle avant de quitter l'appartement en courant.

***

Lorsque Keli rentra chez elle, elle trouva la maison entièrement plongée dans l'obscurité et en déduisit que Chris était sorti. Elle décida d'aller prendre une longue douche chaude puis elle se rendit directement dans sa chambre où elle trouva un petit sachet qui l'attendait sur le lit. Il s'agissait de raisins secs au Sauternes, enrobés de chocolat, le péché mignon de la jeune femme. Elle s'installa donc dans son grand lit et entama la dégustation de son petit présent tout en scrollant sur son téléphone. Les mots d'Abi lui revinrent alors et elle envoya un message à Chris pour le remercier de sa petite attention. Elle venait à peine de reposer son smartphone lorsque son ex-mari lui répondit qu'elle aurait pu venir le remercier de vive voix. Elle comprit alors qu'il était dans la maison, probablement dans la chambre d'ami et se leva pour l'y rejoindre. Elle frappa, ouvrit la porte et le trouva allongé dans son lit, son PC portable sur les cuisses. Il semblait très concentré, comme à chaque fois qu'il étudiait une nouvelle affaire.

- Je te croyais sorti, dit-elle debout dans l'embrasure de la porte

- J'ai vu ça. Ton cadeau te plait ? Je suis allé dans la chocolaterie que tu aimes bien ce matin.

- C'est adorable, merci. J'ai déjà mangé la moitié.

-    C'est pour ça que j'ai planqué l'autre sachet.

Keli sourit et Chris continua à pianoter sur son clavier, comme s'il était seul. La jeune femme s'en trouva vexée, mais ne dit rien. Elle l'observa quelques instants, puis lui souhaita bonne nuit et quitta la pièce. Chris voyait bien qu'il troublait son ex-femme et s'en délectait chaque jour un peu plus. Il n'avait plus envie de n'être qu'un amant occasionnel et comptait bien le lui faire comprendre. Il s'était donc mis en tête d'améliorer son comportement envers elle et de mettre fin à cette étrange relation qui avait perduré entre eux après leur divorce. Le jeune homme voyait bien évidemment tous les efforts que faisait Keli pour qu'il la remarque, mais il ne laissait rien paraître. Cela lui demandait une maîtrise considérable, mais il s'était promis de ne pas céder. Après tout, c'était elle qui avait choisi de refaire sa vie, c'était donc à elle de faire le premier pas si elle attendait autre chose que de l'amitié de sa part.

Il était encore occupé à se persuader que c'était le meilleur des plans à suivre lorsque la porte de sa chambre se rouvrit. Keli apparut et referma la porte derrière elle. Intrigué, Chris referma son PC et le posa sur la table de chevet.

- Qu'est-ce tu as ? demanda-t-il en observant son visage inexpressif.

- Et si on arrêtait de jouer ? rétorqua-elle avec détermination.

- De jouer ? répéta Chris.

- De jouer, confirma Keli en faisant glisser son peignoir sur le sol.

Chris se mordit la lèvre inférieure, subjugué par le corps nu de son ex-femme et souleva le drap pour l'inviter à le rejoindre. Keli s'avança jusqu'au lit, ôta le boxer de son colocataire de charme et s'allongea contre lui avant de l'embrasser langoureusement, laissant courir sa main droite le long de son torse nu et ce jusqu'à l'objet de son désir.

***

- Tu vas sérieusement te remettre à travailler ? demanda Keli alors que Chris se saisissait de son PC portable.

- Je termine un truc et je suis tout à toi pour un second round ou tout ce que tu voudras d'autre.

- C'est si urgent que ça ce que tu fais ?

- Disons que j'aurais déjà fini si une petite vicieuse n'était pas venue me sauter dessus pendant mes recherches.

- Je n'ai pas eu à beaucoup insister.

Keli était allongée sur le ventre, entièrement nue, le corps luisant de sueur. Chris saisit son menton pour déposer un baiser sur ses lèvres, lui claqua les fesses et reprit ses recherches.

- Tu bosses sur un nouveau dossier ?

- Pas vraiment. Je note des informations pour Gavric.

- Gavric, le détective privé ?

- Wep. Je voudrais qu'il m'aide à retrouver Mia.

- Pourquoi faire ? demanda Keli, les sourcils froncés.

- Parce que j'ai besoin d'elle pour me rappeler toute l'histoire. Mes séances d'hypnose ne donnent plus rien, il est temps qu'on parle elle et moi.

- Laisse tomber Gavric, répondit Keli après quelques instants de réflexion.

\-   Keli il faut que je sache, ça me bouffe cette histoire. Et puis même pour nous je crois que….

\-   Tu ne comprends pas, l'interrompit Keli. Pas besoin de faire appel à un détective. Je sais où elle est.

IX

-    Je n'arrive pas à croire que tu as réussi à choper Abi ! s'exclama Chris, abasourdi.

-    Choper, c'est vite dit, répondit Cédric en enfilant tant bien que mal sa robe d'avocat. Je crois qu'elle ne va plus jamais me rappeler !

-    Tu t'es foiré à ce point ?

-    Disons que j'ai voulu sortir le grand jeu et que ça n'a pas donné l'effet escompté.

-    Raconte !

-    Je voulais l'impressionner et je sais qu'elle me prend pour un faux Noir à cause de ta peste de femme alors j'ai fait appel à une cheffe martiniquaise pour lui faire un repas à domicile, mode grand luxe et tout.

-    La cheffe dont je t'avais parlé, Katia Desprez ?

-    C'est ça. Elle était exceptionnellement en Gironde, alors j'ai sauté sur l'occasion. Bref Abi était super contente, le repas était top, bien présenté, mode gastronomique, mais saveurs locales comme elle aime et je ne sais pas, c'est comme si j'avais paniqué quand la cheffe est partie et que je me suis retrouvé seule avec Abi.

-       Mec tu as fait quoi ?

-       -Je voulais lui montrer mes talents de zoukeur alors je mets du son, je me tourne vers elle pour l'inviter à danser et là je trébuche sur le retour de son canapé d'angle et je m'étale comme une merde. Elle a flippé, j'ai voulu faire le brave, mais putain j'étais en train de douiller, laisse tomber ! Elle l'a vu et a insisté pour qu'on aille aux urgences. J'ai une putain d'entorse du poignet parce que j'ai voulu faire le gentleman en carton !

Chris ne pouvait plus s'arrêter de rire. Il savait que son ami était maladroit lorsqu'il était nerveux, mais il n'aurait jamais pu imaginer à quel point.

-       Je suis dégoûté mon gars ! Elle ne va jamais me rappeler, j'étais ridicule !

-       Je connais Abi depuis longtemps, ce n'est pas son genre. Elle est sans combine cette fille, hyper simple, humaine et tout. Non franchement c'est une femme bien, appelle-la.

-       Tu crois ? Je ne sais pas, je me suis vraiment affiché quoi !

-       Toi t'es vraiment love pour flipper comme ça.

-       Tu l'as vue ? Elle est parfaite. Intelligente, franche, belle, super drôle…. Et puis elle a un de ces boule ! J'ai la migraine quand elle marche !

Chris et Cédric riaient encore lorsqu'ils entrèrent dans la salle d'audience. C'était la juge Deproge qui présidait et elle venait à peine de terminer l'appel des causes, qui consistait à énoncer tous les dossiers à l'ordre du jour aux fins de connaître les affaires à retenir, celles à renvoyer, à radier ou encore celles qui faisaient l'objet d'un désistement. Cédric et Chris avaient chargé Lana, l'élève-avocate du cabinet, de répondre à leur place en attendant leur arrivée. Elle s'était ensuite installée au fond de la salle et les deux jeunes hommes vinrent prendre place à ses côtés. La jeune femme était probablement la seule personne de l'assemblée à être autant concentrée, ce qui amusa beaucoup Chris. Keli, qui avait également des dossiers à défendre lors de cette audience, vint le rejoindre. Ils discutèrent un peu à voix basse à propos de leur programme de la journée. Chris l'informa qu'il devait plaider deux dossiers, Keli quatre. Apercevant une avocate qu'elle connaissait, Keli laissa Chris en lui promettant de le rejoindre dehors, après l'audience. Plusieurs affaires avaient déjà été appelées lorsque Chris se rendit compte qu'on l'observait. Il passa en revue l'estrade sur laquelle se tenait Viviane Deproge et ses assesseurs et croisa alors le regard de la greffière, assise sur leur droite.

-       Oh putain ! lâcha-t-il, estomaqué.

-       Qu'est-ce qu'il y a ? demanda Cédric.

-       Sylvie ! Enfin non Stacy ! Je sais plus bordel !

-       C'est qui ça encore ?

-       La meuf que j'ai sauté y a quelques semaines, après ma soirée au bar avec Jordan….

-       Eh ben quoi ?

-       C'est la greffière putain !

Cédric leva à son tour les yeux et découvrit une jolie jeune femme à la peau café au lait, les cheveux soigneusement ramenés dans un chignon serré qui fixait amoureusement Chris, tortillant son stylo entre ses doigts manucurés.

-       T'as bon goût mon gars ! s'amusa Cédric.

-       J'ai surtout l'art de me foutre dans la merde oui ! Keli va m'arracher les yeux !

-       Mec, c'est pas comme si tu l'avais trompée hein. Vous n'étiez plus ensemble et il me semble que vous ne l'êtes toujours pas.

- Je ne sais pas, mais ça se passe plutôt bien entre nous en ce moment et….

- Et tu espères qu'elle te demande de revenir pour de bon….

- Voilà. Mais, avec un peu de chance, elle ne m'a pas reconnu….

- Tu plaisantes ou quoi ? Cette fille te regarde en mode « *prends-moi sur l'estrade tout de suite* » ! déclara Cédric, hilare.

- Qu'est-ce qui vous amuse ? demanda Keli à voix basse, surgissant de nulle part.

Chris sursauta et Cédric mit sa main devant sa bouche pour étouffer ses rires.

- Rien, répondit Maître Calvin, histoires de mecs.

Keli les regarda avec suspicion et la juge Deproge appela les dossiers de Chris. Il s'avança et indiqua qu'il souhaitait déposer ses conclusions sans plaider. Viviane Deproge signifia clairement son étonnement, car ce n'était pas dans ses habitudes, mais n'insista pas plus, y voyant l'espoir de déjeuner plus tôt que prévu. Il s'approcha donc de la greffière, déposa ses dossiers et quitta la salle comme s'il fuyait un incendie. Dehors, le soleil était déjà bien haut et Chris se dit que ce n'était pas plus mal de s'être abstenu de plaider. Il en profita pour passer quelques coups de fil en attendant Cédric et Keli. Vers midi, il les vit descendre l'escalier de métal, en grande discussion. Ils vinrent à sa rencontre et lui racontèrent la fin d'audience qui avait été épique avec un avocat débutant et particulièrement gauche. Cette petite séquence de commérages fut vite interrompue par l'arrivée impromptue de Sophie qui se jeta au cou de Chris.

- Wow tu fais quoi là ?! s'écria-t-il en se dégageant vivement.

- Je te dis bonjour, répondit innocemment Sophie. Tu ne me présentes pas ?

- Je ne vais te présenter personne et toi tu vas arrêter de me harceler avant que je te fasse arrêter.

- Mais bébé…

- Bébé ? la coupa Keli, un sourcil levé.

- Ne l'écoute pas, Kel'. Elle est dingue, intervint Chris.

- Ce n'est pas ce que tu disais lorsque je te faisais gémir.

- Tiens donc, poursuivit Keli.

- Sophie, nous deux c'était un coup d'un soir, on s'est bien amusé, mais maintenant tu me lâches. Je ne vais pas me mettre en couple avec toi, je suis déjà pris.

Chris se mit à transpirer, tandis que Keli examinait Sophie sous toutes les coutures.

- Je vais déjeuner avec Abi, dit-elle calmement à l'intention de Chris. On se retrouve à la maison ce soir ?

- D'accord ma puce. Ne t'en fais pas, je vais régler ça.

Keli sourit et tourna les talons en direction d'un petit traiteur dans lequel Abi et elle avaient leurs habitudes. Chris, surpris, réitéra ses avertissements à Sophie et reprit la direction de son cabinet suivi de Cédric.

- Tu t'en es plutôt bien sorti, mec, lâcha ce dernier au bout de quelques pas.

- Ou alors Keli réfléchit à comment faire disparaître mon corps, au choix.

***

Keli rejoignit Abi qui l'attendait déjà devant le traiteur, à quelques mètres de là. Elles commandèrent leur repas, puis allèrent s'installer sur le parvis des droits de l'homme, entre l'école nationale de la magistrature et le palais de justice. Elles y déjeunèrent à l'ombre et Keli en profita pour lui raconter brièvement l'étrange irruption de Sophie. Elles en étaient à débriefer sur la soirée d'Abi et de Cédric lorsque la greffière réapparut.

- Tiens, encore vous ! lança-t-elle à l'intention de Keli.

- Vous n'avez pas des convocations à envoyer ou des trucs à tamponner vous ? répondit Keli, agacée.

Sophie ricana et fit quelques pas en direction des deux femmes. Instinctivement, Abi posa sa main sur la cuisse de Keli pour lui signifier de garder son calme.

- Je me suis renseignée et j'ai entendu dire que vous étiez son ex-femme, reprit Sophie. Ex, c'est le mot clef. Moi je suis la nouvelle et je n'ai pas prévu de laisser la place à qui que ce soit.

- Vous délirez ma parole !

Keli fit signe à Abi, elles se levèrent et commencèrent à marcher en direction de la place Pey Berland. Sophie, vexée d'un tel mépris, traita alors Keli de « *pétasse* ». Cette dernière s'arrêta net, fit demi-tour et vint se planter à quelques centimètres de la greffière.

\-   Écoute moi bien espèce de petite conne, je ne sais pas pour qui tu te prends exactement, mais je te conseille de faire bien attention à la manière dont tu t'adresses à moi.

\-   Sinon ? dit Sophie avec un air de défi.

\-   Sinon je vais te faire bouffer chacun des dossiers que tu trimballes, feuille par feuille, répondit Keli avant de lui tourner le dos.

Elle avait presque rejoint Abi lorsqu'elle fut projetée en avant. Sophie venait de la pousser violemment. Keli trébucha et se rattrapa juste à temps. Elle se retourna, vit Sophie qui souriait et son sang ne fit qu'un tour. Sans réfléchir, elle lâcha son grand cabas dans lequel elle rangeait ses dossiers et sa robe d'avocate, ôta ses boucles d'oreilles et gifla Sophie. Cette dernière lui attrapa les cheveux d'une main et griffa Keli au visage de l'autre. A cet instant, la jeune avocate vit rouge et sauta sur Sophie telle une lionne, la faisant chuter au sol. Elle s'installa à califourchon sur elle et lui flanqua un coup de poing. Abi lui cria de ne pas la rater, tandis qu'un attroupement se formait autour d'elles. Keli venait d'assener un deuxième coup de poing à l'ancienne conquête de Chris lorsque des policiers chargés de la sécurité du tribunal sortirent en trombe pour séparer les deux jeunes femmes. Il fallut deux agents pour maîtriser Keli, alors qu'un troisième s'assurait que Sophie allait bien. Abi leur signifia alors que c'était cette dernière qui avait commencé en agressant physiquement son amie et les agents décidèrent d'embarquer les deux belligérantes à l'intérieur du tribunal.

***

Keli fulminait toujours lorsque Chris fit son apparition. Elle et Sophie avaient été placées dans des cellules séparées, le temps qu'elles se calment. Viviane Deproge avait eu vent de cette histoire et fait jouer ses relations pour qu'il n'y ait aucunes répercussions sur l'une comme sur l'autre, s'agissant d'une avocate de renom et d'une employée de la Justice. Prévenu par Abi, puis par la juge Deproge, Chris s'était donc rendu dans les geôles du tribunal pour y récupérer Keli.

Lorsqu'il la vit, assise sur un banc, derrière une épaisse vitre en plexiglas, les cheveux défaits, les traits tirés, il eut envie de rire. Il la connaissait depuis suffisamment longtemps pour savoir qu'elle pouvait être aussi douce et diplomate que sauvage et violente et il mourrait d'envie de voir dans quel état elle avait mis Sophie. Sans un mot, le policier libéra Keli, qui sortit sans se faire prier.

- On rentre à la maison, petite délinquante, dit Chris en souriant.

- La ferme ! marmonna Keli, toujours contrariée.

- Pour une fois que ce n'est pas moi qui fait des conneries, laisse-moi savourer, poursuivit Chris.

- Oh mais c'est de ta faute ! C'est ta pouffe qui m'a agressée ! rétorqua Keli en marchant en direction de la sortie.

- Ce n'est pas ma pouffe.

- Oh ! Pardon, ta femme, d'après ses dires !

- T'es jalouse ? demanda Chris, amusé.

- Non, je constate juste que tu baisses tes standards.

- En même temps, je n'allais pas lui faire passer un test psychiatrique pour me la faire.

- Continue à coucher avec n'importe qui, la prochaine te fera la peau, tu verras !

- Bah, je pourrais arrêter de coucher avec n'importe qui, mais la seule femme avec qui j'ai envie de me poser ne veut pas de moi.

- On se demande bien pourquoi tiens !

- Quoi tu m'en veux ? Sérieusement, Kel ?

- Oui je t'en veux ! s'écria Keli en se plantant devant lui. Je viens de me battre avec une connasse de greffière pour un mec qui n'est même pas le mien !

- Ah bon ?

- Ah bon quoi ?

- Je ne suis pas ton mec ? Pourtant moi, t'es ma femme. Tu n'as jamais cessé de l'être.

- Va au diable Chris !

- Si tu viens avec moi, OK.

Keli lui jeta un regard noir et franchit les portes du palais, retrouvant l'air chaud du dehors.

- À quoi on joue tous les deux ? demanda-t-elle soudain.

- Toi je ne sais pas, moi je t'attends, c'est tout.

- Tu m'attends ?

- Je te l'ai dit, tu es toujours ma femme, même si tu fais ta mauvaise tête et que tu joues les fières.

- Je ne joue pas les fières, marmonna Keli, boudeuse.

Chris prit Keli par les hanches et plongea son regard dans le sien.

- Keli je vais te poser une question et je ne le ferai qu'une seule fois. Est-ce que tu m'aimes toujours ?

Keli resta silencieuse quelques instants.

- Oui, souffla-t-elle finalement, les yeux baissés.

Chris sourit et la lâcha. Il sortit quelque chose de sa poche.

- Je suis passé à la maison avant de venir. Je me suis dit que tu aimerais peut-être avoir ça, dit-il en lui tendant la main.

Keli regarda la paume de Chris. Elle contenait sa bague de fiançailles et son alliance. La jeune femme ne put s'empêcher de sourire.

-        Tu sais que le divorce a été prononcé ? rappela-t-elle.

-        Alors épouse-moi encore, répondit Chris en haussant les épaules.

-        C'est une idée, je vais y réfléchir, dit-elle en saisissant les deux bijoux.

**

-        Donc vous allez vous remarier ? s'exclama Johanna, en trépignant d'excitation.

-        Je crois bien oui, répondit Keli tout sourire.

-        Je suis tellement contente pour vous ! Par contre, que les choses soient bien claires : vous n'avez pas intérêt à me piquer la vedette. Faites ce que vous voulez, mais après MON mariage !

-        Promis *Bridezilla*, déclara Keli en lui versant une coupe de champagne.

-        Salut Jo ! lança Chris en les rejoignant sur la terrasse.

- Beau-frère ! répondit Johanna en lui ouvrant les bras.

Chris sourit et alla l'embrasser, sous le regard attendri de Keli.

- Tu veux une coupe ? hasarda cette dernière.

- Non, j'ai une course à faire, ma puce.

- Maintenant ? s'exclama Keli, déçue.

- Je reviens vite. D'ici une heure ou deux. Tu veux que je ramène à manger ? Jo tu restes avec nous ?

- Avec plaisir, répondit Johanna.

- Qu'est-ce qui vous dit, mesdames ? poursuivit Chris.

- Sushi? hasarda Keli.

- Sushi, confirma Johanna.

- OK, je me dépêche, promit Chris.

Il embrassa Keli et quitta la maison pour rejoindre sa voiture. Il regarda l'heure et démarra en espérant qu'il n'y aurait pas trop de circulation. Il mit finalement moins de temps que prévu pour arriver jusqu'à son immeuble et grimpa les escaliers deux par deux.

-       Tu te fais rare ces temps-ci, Bro, dit une voix grave derrière lui.

-       Pas plus que toi, répondit Chris en pénétrant dans son appartement sans se retourner.

Jordan entra à sa suite et referma la porte avant de s'affaler dans le canapé sombre de son ami.

-       Il paraît que tu as remis ça avec ton ex.

-       Keli ? répondit-il avec détachement. Je la baise de temps en temps, rien de plus. Elle ne demande que ça, je serais con de ne pas en profiter. D'autant que j'ai besoin d'elle pour gratter certaines infos.

-       Ah ! Je reconnais enfin mon poto ! J'ai cru que tu allais continuer à courir toute ta vie après cette pute !

-       J'ai essayé de me ranger, Bro et puis mon père m'avait promis de me lâcher le fric pour ma maison et mon cabinet si je me mariais, alors je n'avais pas trop le choix. Mais c'est vraiment pas mon truc la vie de couple et puis Keli est super bonne, mais ça ne vaut pas toutes les prises de tête que je dois subir. Je la laisse croire qu'elle contrôle et je prends ce qu'il y a à prendre.

- J'ai toujours regretté de ne pas être passé dessus à mon anniversaire, dit Jordan.

- Tu délires, Bro, elle n'y était pas, elle était chez moi à faire la gueule, comme d'hab.

- Non, elle est venue, elle te cherchait, mais tu étais parti chercher Shorty et Vince à la gare.

Chris resta silencieux un moment et s'installa en face de son ami d'enfance.

- T'aurais dû m'en parler de ça, répondit le jeune avocat.

- Ouais c'est vrai, mais la priorité, ce soir-là, c'était de te décoincer.

- J'aurais dû t'écouter et me faire un rail, un truc comme ça au lieu de me plier aux conneries de sobriété de Keli.

- J'ai voulu t'aider en mettant un petit quelque chose dans ton verre, mais ça t'a envoyé au tapis au lieu de te rebooster, avoua Jordan en haussant les épaules.

- C'était ça le goût de merde de ton cocktail foireux ?

Jordan éclata de rire et avala une grande rasade de bière.

-       T'étais devenu trop chiant. Je t'avais dit de quitter cette salope avant. D'ailleurs c'était pour elle le cocktail au départ, mais elle n'est pas restée.

-       Je ne suis même pas sûr que ça lui aurait permis de cesser de jacter, dit Chris, songeur.

-       Je ne sais pas, mais ça ne m'aurait pas dérangé de la faire parler chinois.

Chris sourit et se redressa.

-       C'est pas le jour pour les regrets, Bro. Aujourd'hui on a plus urgent à régler.

-       Je t'écoute.

-       On a un problème. Mia.

-       Je l'avais oubliée celle-là. C'est quoi le souci avec cette chieuse ?

-       Je sais où elle est et elle a la langue encore plus pendue qu'avant. Je pense qu'il va falloir la faire taire.

-       Elle se rappelle ?

- Wep. Je l'ai vue hier. J'ai fait le gars amnésique pour qu'elle me lâche tout ce dont elle se souvient et on est dans la merde.

Jordan se tut un instant. L'inquiétude semblait enfin le gagner.

- On fait quoi alors ? reprit Chris.

- Je vais m'occuper de son cas, dit calmement Jordan. Elle m'a suffisamment cassé les couilles comme ça avec ses conneries !

X

Chris s'apprêtait à quitter le cabinet pour se rendre à son rendez-vous lorsqu'il se rendit compte qu'il avait laissé un dossier dans le bureau de Cédric, la veille au soir. Rosa, leur secrétaire, lui ayant affirmé que ce dernier n'était toujours pas arrivé, Chris entra sans frapper et trouva Cédric assis sur le petit canapé de son bureau aux stores fermés, occupé à téter consciencieusement la poitrine d'Abi qui était assise à califourchon sur lui, la robe relevée. Impassible, Chris repartit comme il était venu et signala, en passant, à la secrétaire, que Maître Kerouac était bien présent, mais qu'il ne fallait surtout pas le déranger. Entretemps, Abi s'était mise debout, sous le regard presque paniqué de Cédric.

-       Abi, je suis vraiment désolée, dit-il confus. Reste, s'il te plait.

Elle le fixa quelques secondes, se dirigea vers la porte et tourna le verrou avant de lui faire à nouveau face.

- Tant qu'à s'être fait griller, autant continuer ! s'exclama-t-elle en haussant les épaules.

Cédric sourit, se précipita jusqu'à son bureau pour le débarrasser et entreprit de le baptiser avec Abi qui s'était déjà délestée de sa robe.

Après leur romantique soirée qui s'était terminée aux urgences, Cédric n'avait pas eu le courage de rappeler la pétillante jeune femme. Elle lui avait envoyé un texto pour s'assurer qu'il allait bien et il avait fini par lui renvoyer un pavé dans lequel il se confondait en excuses pour cette curieuse fin de soirée et lui signifiait à quel point elle lui plaisait. Il termina maladroitement en lui disant qu'il comprendrait qu'elle ne veuille plus le voir, ce à quoi Abi n'avait pas répondu. Une heure après, la jeune femme sonnait à sa porte vêtue d'un grand manteau sous lequel elle était habillée en infirmière coquine. La spontanéité et l'audace d'Abi avaient totalement désarçonné Cédric, qui fut pourtant, plus que ravi, de recevoir des soins pour son poignet… et pour le reste. Depuis cette nuit torride, ils n'avaient eu de cesse de se retrouver n'importe où et à n'importe quelle heure, dans le plus grand secret, savourant la fougue des premiers jours.

Keli et Chris avait lancé les paris quant à leur romance, mais jusque-là, aucun d'eux ne savaient s'il y avait eu une suite au fameux dîner durant lequel Cédric s'était blessé. En quittant le cabinet, Chris sourit à l'idée d'avoir gagné et se dit qu'il fallait qu'il réfléchisse au gage de Keli. Mais avant, il fallait surtout qu'il se dépêche s'il ne voulait pas être en retard pour son rendez-vous qu'il n'imaginait pas avoir si tôt.

***

Keli était dans le salon, en train de finaliser les détails du week-end d'enterrement de vie de jeune fille de sa sœur lorsque Chris rentra.

-	Coucou mon cœur ! lança-t-elle sans lever le nez de son ordinateur portable.

-	Bonsoir princesse, répondit Chris depuis l'entrée.

Il ôta ses chaussures, se lava les mains et s'avança jusqu'au canapé sur lequel elle était étendue, un sac en papier entre les mains.

-	Tiens, j'ai ramené à manger, dit-il en s'asseyant.

- Mince, il est déjà si tard ! s'exclama Keli en jetant un œil à l'horloge du salon. J'étais tellement dans mon truc que je ne m'en étais pas aperçu !

- Je m'en suis douté, répondit Chris. Quand tu organises quelque chose toi, tu pourrais rester sans boire, manger ou dormir.

- Tu me connais tellement bien ! On n'aurait pas été mariés toi et moi ?

- Il paraît oui.

Keli esquissa un sourire et déposa son ordinateur sur la table-basse avant d'embrasser son futur-ancien-ex-mari. Ils se répartirent ensuite les plats et commencèrent à manger.

- Au fait, dit Keli, je suis passée à ton cabinet pour un déjeuner surprise mais tu n'y étais pas.

- Oui, j'avais un rendez-vous en extérieur. Un nouveau client.

- Dans cette tenue ?

Keli regarda Chris avec étonnement. En effet, il portait un ensemble composé d'un jogging et d'un sweat à capuche noirs, ainsi qu'un débardeur de la même couleur. Considérant qu'un avocat se devait d'être toujours élégant, Chris allait toujours travailler en costume et les rares fois où il n'en portait pas, il était en jean et chemise. Les survêtements, il les réservait au sport et aux moments de détente, ce que Keli trouvait à la fois sexy et terriblement snob.

-    C'est un viticulteur, expliqua Chris. Pas le genre qu'on impressionne en costard. Et puis il voulait que je visite son domaine donc j'ai préféré me mettre à l'aise.

-    Un viticulteur ? Grosse boîte ? demanda Keli.

-    Assez oui. Mais le type a beau avoir du fric, il n'aime pas les chichis. Le luxe tout ça, à part dans son vin, ça le gave.

-    S'il savait comme son nouvel avocat peut être snob ! se moqua Keli.

-    Je ne suis pas snob, je suis élégant. Ne sois pas jalouse ma puce, ce n'est pas de ma faute si je fais tout avec classe. D'ailleurs admire le style du gars même en survêt ! Ce charisme, cette prestance !

Keli éclata de rire.

-       Ça va les chevilles sinon ?

-       J'attends encore que tu me les masses, mais à part ça, tout baigne.

-       Et en quel honneur je te ferais un massage ?

-       Parce que j'ai gagné notre pari.

-       À propos de ? demanda Keli, sourcils froncés.

-       Abi que j'ai trouvé en train de nourrir Cédric au sein dans son bureau.

-       Mais non !!

-       Si, si. Rosa m'avait affirmé qu'il n'était pas là alors je suis rentré sans frapper et je suis tombé sur eux.

-       Tu as fait quoi ?

-       Je suis ressorti sans parler et j'ai dit à Rosa qu'il ne fallait surtout pas déranger.

-       Quel homme ! ironisa Keli.

-       On ne dérange pas un homme dans une affaire sérieuse comme ça.

-       Ou une femme, sale macho ! Parce qu'en l'occurrence, ils étaient deux dans l'affaire.

Chris sourit et ils dévièrent sur leurs programmes respectifs. Johanna et Steve enterraient respectivement leur vie de jeune fille et de garçon le lendemain et ce pour l'ensemble du week-end. Keli avait prévu une réservation dans un hôtel avec SPA tandis que les frères de Steve avaient réservé une villa non loin de là. Le futur marié avait invité Chris bien avant d'apprendre que Keli et lui étaient à nouveau ensemble et ce dernier avait décidé d'offrir quatre cartons de Champagne pour l'occasion.

- Sinon tu penses que vous aurez assez de bouteilles ? se moqua Keli.

- J'ai un doute en fait, répondit Chris, feignant de réfléchir.

- Vous allez être dans un état ! Heureusement que le mariage n'est que dans une semaine !-Raison de plus pour en profiter. Dans une semaine, tout sera différent, ma puce, déclara Chris avec un étrange sourire.

Keli le fixa quelques instants, puis l'interrogea sur la tenue qu'il porterait pour la cérémonie. Chris se contenta de lui demander de quelle couleur serait sa robe à elle et lui signifia qu'il irait choisir un costume en conséquence. Ils continuèrent ainsi à discuter une bonne heure après avoir fini de dîner, puis Chris monta prendre une douche. Restée seule au rez-de-chaussée, Keli décida de ranger le salon et la cuisine. Lorsqu'elle eut fini, elle s'aperçut que les baskets que Chris avait laissées dans l'entrée étaient boueuses. Elle s'en empara, sortit dans le jardin pour retirer la boue séchée en les tapant l'une contre l'autre, puis en les aspergeant avec le tuyau d'arrosage. Lorsqu'elle eut fini, elle rentra, s'assura que toutes les portes étaient bien verrouillées et monta dans ce qui était désormais redevenue leur chambre, où elle trouva Chris au téléphone, assis sur le lit. Il ne parlait pas et avait le visage grave. Keli s'en inquiéta. Il s'en rendit compte et lui adressa un clin d'œil, ce qui la fit instantanément sourire. Le temps qu'elle s'allonge sous les draps, Chris avait raccroché. Il se leva pour éteindre la lumière, embrassa la jeune femme et s'endormit presque immédiatement, épuisé de sa journée.

***

Lorsque Keli ouvrit les yeux, elle manqua de faire une crise cardiaque. Il était trois heures du matin et son sommeil s'était coupé sans raison particulière. Elle s'apprêtait à regarder l'heure sur téléphone lorsqu'elle réalisa que Chris était assis dans le noir sur le fauteuil qui se trouvait près de la porte de leur chambre, occupé à l'observer.

- Mon Dieu Chris tu m'as fait peur ! s'exclama-t-elle d'une voix aiguë.

- Désolé, ma puce, dit-il en chuchotant.

Keli se redressa
- Pourquoi est-ce tu n'es plus au lit ?

- Petite insomnie. J'ai préféré me mettre là pour ne pas te réveiller à me retourner dans le lit encore et encore.

- Mission réussie, ironisa Keli.

Chris ne répondit pas. Il demeurait immobile, fixant cette femme qu'il connaissait depuis si longtemps, comme s'il pouvait en deviner chaque trait, chaque particularité à travers la pénombre. Intriguée, Keli se leva et vint s'asseoir sur ses genoux.

- À quoi tu penses ? demanda-t-elle alors.

- À plein de trucs.

- Mais encore ?

- À la notion de bien et de mal.

- À trois heures du matin ?

- On s'occupe comme on peut.

-       OK et donc où est-ce que ta réflexion hautement philosophique t'a mené ?

-       Je crois qu'en fait, le bien et le mal ne sont qu'une question de point de vue. Tu vois parfois tu fais du mal en pensant agir bien et d'autres fois ce qui te paraît bien c'est justement de faire le mal.

-       C'est étrange, mais oui, ça se tient. Après l'essentiel c'est d'être en accord avec ta conscience…Et avec la loi ! plaisanta Keli.

-       Ce n'est pas à toi que je vais apprendre que tout ce qui est légal n'est pas toujours juste et que parfois ce qui est illégal est bon. Après tout, il n'y a pas si longtemps, vendre un être humain était légal et cautionné par l'Eglise et sa sacro-sainte morale. Mais tu vois, c'est intéressant que tu parles de conscience.

-       Ah oui, pourquoi ?

Chris resta silencieux quelques instants, le regard dans le vague, puis il caressa le visage de sa future femme.

-       Parce que des fois je ne suis pas sûr d'en avoir une de conscience, avoua-t-il avant de déposer un baiser sur les lèvres de Keli.

XI

Mia Adamson était anglaise par son père et sri-lankaise par sa mère. Ses parents étant tous deux reporters, elle avait vécu dans plusieurs pays durant son enfance, avant qu'ils ne décident de se fixer à Bordeaux durant son adolescence. Keli et Mia s'étaient rencontrées dans le lycée privé qu'elles fréquentaient toutes les deux. Les voyages de leur enfance avaient été leur premier point commun. Leur impétuosité avait été le second. Toutefois, Mia était plus provocatrice et franchement délurée, comme le disait Patrick Norram, le père de Keli. Et il ne se trompait pas. En effet, Mia était allée à toutes sortes de fêtes, avait probablement testé tous les psychotropes connus et sans doute toutes les pratiques sexuelles légales. Elle ne cachait pas sa bisexualité et cela ne lui posait aucun problème de coucher avec un inconnu… ou deux. Ainsi, Jordan s'était trouvé fortement vexé qu'elle refuse ses avances répétées alors qu'il l'avait déjà vu entrer dans une chambre avec une personne qu'elle ne connaissait pas deux heures auparavant.

Jordan était pourtant bel homme. Grand, le corps musclé et partiellement couvert de tatouages, l'ami d'enfance de Chris ne laissait pas les femmes indifférentes. Pourtant, aucune ne semblait l'intéresser durablement. Il les consommait comme n'importe quel produit et s'en débarrassait, comme dégoûté par leur présence une fois qu'il avait pu en tirer tout ce qu'il voulait. Ce n'est pourtant pas cela qui rebutait Mia qui aurait facilement pu se satisfaire d'une partie de jambes en l'air avec lui avant de passer au suivant. Non, elle trouvait qu'il dégageait tout simplement quelque chose de mauvais, même avec sa belle gueule et tout son charme.

C'est ainsi qu'elle persista à se refuser à lui jusqu'à cette fameuse fête d'anniversaire. Mia était arrivée un peu après vingt-deux heures. Elle portait un short en jean mi-cuisses, des baskets rose fluo et un débardeur blanc sans soutien-gorge qui laissait deviner les deux piercings qui ornaient sa poitrine menue. Ses longs cheveux noirs flottaient autour de son visage brun, libres, comme elle. Ce soir-là, Jordan ne s'était pas vraiment intéressé à elle jusqu'à ce que deux évènements à priori anodins ne se produisent.

Le premier fut la visite de Keli, qui cherchait Chris, probablement pour s'assurer qu'il ne boirait pas. Son mari était alors sorti récupérer des amis à la gare et Jordan lui avait ouvertement et lourdement fait des avances. Keli l'avait violemment rembarré, passablement agacée de ne pas trouver son mari et de se retrouver avec cet ami qui n'en était clairement pas un et qu'elle avait toujours détesté. Conscient de ce mépris, Jordan avait offert à Keli un verre dans lequel il avait versé un petit mélange de sa composition. Il s'était ainsi mis en tête de faire redescendre cette petite arrogante en couchant avec elle et de mettre fin, par la même occasion, à ce mariage qui lui avait pris son ami de toujours. Seulement voilà, Keli était repartie très rapidement et ce, sans toucher à son verre.

Le deuxième élément déclencheur de son plan machiavélique fut de voir Chris danser avec Mia sur du raggamuffin à son retour de la gare. Il n'y avait rien d'ambigu dans cette scène, mais Jordan se dit que s'il n'avait pas pu semer la zizanie dans le couple de Chris par Keli, il y parviendrait en poussant Mia dans ses bras. C'était ainsi qu'il lui avait apporté le cocktail initialement destiné à Keli et qui avait mis Chris dans un état second. Droguer Mia fut moins compliqué, puisqu'elle avait déjà commencé à boire et qu'il l'avait vu tirer sur le joint d'une de ses connaissances. Seulement la jeune femme demeurait obstinément maîtresse d'elle-même, alors Jordan accéléra les choses en ajoutant quelques substances dans un de ses shots.

C'était Chris qui était allé dans la chambre en premier, se sentant brusquement mal. Shorty et Vince étaient allés le rejoindre quelques temps après, avec Mia et un jeu de cartes. Éméchés et sous l'emprise de stupéfiants, la joyeuse bande avait oscillé entre état d'inconscience et rires effrénés. Puis Chris s'était endormi sur le lit, le sourire aux lèvres, tandis que Mia avait titubé jusqu'à une chaise à proximité. C'était tout ce dont le jeune homme s'était souvenu pendant des mois et c'était précisément pour cela qu'il avait défendu Jordan lorsque les forces de l'ordre l'avaient convoqué comme témoin dans le cadre de la plainte pour viol qu'avait déposée Mia.

Keli qui ne lui faisait déjà plus confiance en raison de ses nombreux mensonges et de son retour à l'alcool et aux drogues depuis la mort de son père, avait vécu ce témoignage comme une trahison. Pour elle, soit Chris mentait éhontément, couvrant un viol par loyauté, soit il s'était effectivement tellement drogué qu'il n'avait aucune idée de ce qu'il s'était passé. Dans tous les cas, ce qu'elle retenait, c'est qu'il avait manqué de sens moral envers Mia, tout en mettant en péril leur cabinet et leur mariage. De la drogue, un faux témoignage, un viol, c'était beaucoup trop pour leur réputation à tous les deux et pour leur couple, sans compter l'idée qu'il ait pu laisser perpétrer des violences sur une femme. C'était tout cela qui l'avait conduite à demander le divorce et tout cela qu'elle remettait en question aujourd'hui.

Ainsi, lorsque Chris avait manifesté le besoin de parler à Mia, Keli s'était d'abord montrée réticente, puis elle avait compris que c'était l'unique moyen de mettre un point final à toute cette histoire. Elle avait donc accompagné son ex-mari dans cette ferme dans laquelle Mia s'était installée depuis quelques temps, avec une femme rencontrée à son retour d'un long voyage effectué en Asie pour tenter d'oublier ce qui lui était arrivé et retrouver la paix. Keli était restée là tout au long de cette entrevue et avait observé attentivement les réactions de Chris. Elle avait noté mentalement toutes ses questions et traqué la moindre incohérence, en vain. Elle avait également observé Mia et était repartie de là convaincue que Chris ne lui avait rien fait et qu'il ignorait réellement ce qu'elle avait subi à cette soirée d'anniversaire.

Sur le trajet du retour, Chris n'avait pas dit un mot. En rentrant non plus. Le lendemain, elle l'avait pourtant trouvé frais et joyeux comme si cette visite n'avait été qu'une formalité. Au bout de quelques jours, elle s'était décidée à lui reparler de tout cela et il avait simplement répondu qu'il avait besoin de temps pour savoir avec certitude ce qu'il devait faire mais qu'il trouverait comment régler le problème de manière efficace cette fois-ci. Puis il avait tout simplement changé de sujet, l'air étrangement détaché. Par la suite, Keli était retournée voir Mia, seule aux fins qu'elle lui livre son sentiment sur le rôle de Chris dans cette affaire. Son amie lui avait certifié qu'elle le pensait innocent et qu'il était probablement temps qu'elle lui pardonne, comme elle avait été capable de le faire, elle. Mia semblait, en effet, remise et Keli s'était dit que le week-end d'enterrement de vie de jeune fille de Johanna serait l'occasion pour son amie d'enfance, de faire son retour dans leur cercle commun. Elle l'avait donc invitée et Mia avait promis d'y réfléchir, mais depuis quelques jours, elle était tout simplement injoignable. Toute la journée de samedi, Keli avait eu l'espoir de la voir arriver à l'hôtel ou lors des soins prévus pour l'occasion, en vain. La jeune avocate avait fini par se dire que Mia n'était pas encore prête et elle avait fait des efforts pour se concentrer sur sa sœur qui avait bien besoin de souffler un peu.

L'hôtel réservé par Keli était situé au milieu des vignes et c'était tout naturellement que la jeune femme avait programmé des soins du visage, des mains et des pieds, des massages, mais aussi une leçon d'œnologie. Mais c'était sans compter sur Abi et Johanna qui n'avait recraché aucun des vins et étaient donc totalement ivres et hilares dès le milieu de l'après-midi. Elles avaient ainsi perturbé la leçon et transformé le cours en une beuverie générale, décoinçant même les plus récalcitrants. Johanna avait également convié trois copines à elle pour ce week-end, et après une sieste bien méritée, la petite bande avait décidé de descendre dîner au restaurant de l'hôtel. Elles s'y amusèrent beaucoup, puis montèrent dans la suite louée pour Johanna, où elles entreprirent toutes sortes de jeux tendancieux. Vers minuit, quelqu'un frappa à la porte. Keli se dit qu'il était trop tard pour que ça soit Mia et elle savait que Steve avait réservé une villa pour son enterrement de vie de garçon. Elle eut peur qu'il ne s'agisse du réceptionniste ou d'un voisin venu se plaindre qu'elles faisaient trop de bruit, mais Abi décida d'aller ouvrir. C'était un policier, grand, noir et très séduisant qui, une fois entré, s'avéra être un strip-teaseur. Keli, devina instantanément que c'était l'œuvre d'Abi, qui lui commanda de se détendre et de profiter du spectacle. Se rendant compte d'à quel point elle était tendue, Keli se servit une coupe de champagne et s'installa dans un fauteuil pour regarder ce beau jeune homme se déhancher avec, pourtant, un étrange sentiment de déjà-vu.

L'homme était déjà en string lorsqu'il ôta enfin sa casquette et que Keli se rendit compte qu'il s'agissait du fameux directeur marketing qui ne l'avait jamais rappelée. Elle le chuchota à Abi qui laissa échapper un éclat de rire. Rudy était en train de danser sur Johanna, totalement déchaînée, et sa jeune sœur n'eut pas le cœur de faire quoi que ce soit qui soit susceptible d'interrompre la fête. Elle enfila donc un des masques qu'avait ramené une copine de Johanna et se dit que cela ne coûtait rien de profiter de ce petit effeuillage. Après tout, elle savait déjà ce que cachait ce string pailleté, et ça valait le coup d'y jeter un œil... à nouveau.

***

Chris était assis au bord de la piscine avec Cédric, une bouteille de champagne à la main, l'écoutant parler d'Abi. La villa dans laquelle ils se trouvaient était immense et comptait une piscine et un jacuzzi, tous deux déjà testés par les convives. Steve, le futur époux de Johanna, était allongé sur un transat aux côtés de ses deux frères et de quatre amis. Il devait bien être deux heures du matin et il faisait encore très chaud. Chris avait apporté tellement de champagne qu'aucun d'eux n'avait jugé utile de boire dans une coupe. Chacun d'eux avait sa bouteille et le futur marié était désormais plus que détendu.

-       Eh ! Les gars ! Je vais me marier !! cria-t-il subitement.

\- On sait Steve, répondit Mathieu, son frère aîné en riant.

\- Ma femme c'est la plus belle, reprit Steve. Et c'est la plus bavarde aussi !

Toute l'assemblée se mit à rire. Steve était plus que saoul, il n'y avait aucun doute sur la question.

\- Merci pour l'invitation, elle est vraiment cool cette soirée, dit Cédric entre deux gorgées.

\- Tu vas survivre à ce week-end sans ta précieuse Abi ? ironisa Chris.

\- T'abuses, je ne suis pas si accro que ça.

\- Mec t'es un gros canard depuis que tu la vois ! s'exclama Chris, hilare.

\- Bientôt un autre futur marié ? demanda Kenneth, le frère cadet de Steve.

\- J'en doute, répondit Cédric.

\- Pourquoi ? demanda Chris, intrigué.

\- Parce que j'ai l'impression que pour elle ce n'est pas sérieux nous deux.

\- Si tu passais moins de temps à lui retirer sa culotte et plus à discuter avec elle, elle te prendrait peut-être toi au sérieux, répondu Chris.

-     Ouais mais le sexe, c'est la vie ! répondit Mathieu.

Tous acquiescèrent avant de partir dans un éclat de rire, puis ils se lancèrent dans une grande conversation à propos des femmes. Steve sembla brusquement paniqué à l'idée d'épouser Johanna qui était l'opposée de la femme avec qui il avait été en couple précédemment.

-     Elle était comment cette fille ? demanda Cédric.

-     Blanche ! lâcha Kenneth avant de se remettre à rire.

-     Laisse tomber Cédric, mon petit frère est obsédé par les femmes noires et ne comprend pas qu'on puisse fréquenter d'autres femmes.

-     Disons que ton petit frère a bon goût, dit Maxime, un des amis de Steve.

Chris sourit, tandis que Steve leva les yeux au ciel.

-     Elle était douce, expliqua le futur marié. Gentille, élégante, intelligente.

-     Et folle ! s'exclama Mathieu.

\- T'abuses ! dit Steve.

\- Elle suivait mon frère partout, fouillait son téléphone et passait de la douceur incarnée à un mode furie en quelques secondes, détailla Mathieu en ignorant son frère.

\- Wow ! lâcha Cédric. Effrayant.

\- Mais ça n'a pas empêché ce bouffon de s'installer avec elle, poursuivit Mathieu.

\- Quelques mois ! se défendit Steve en hochant la tête.

\- Quelques mois d'enfer, ajouta Kenneth. Je suis d'ailleurs surpris qu'elle n'ait pas tenté de te tuer toi ou même Johana !

\- Personnellement je mise sur Johanna moi ! Je suis sûr qu'elle a un bon crochet du droit ! lâcha Terrence, un autre ami de Steve.

Ils se mirent tous à rire.

\- C'est vrai que Jo, c'est quelque chose, fit remarquer Kenneth. Elle a l'air invincible.

\- C'est justement ça qui me stresse, dit Steve.

\- Une femme normale ? ironisa Mathieu.

- Une femme qui sait ce qu'elle veut et où elle va, répondit Steve. Des fois je me demande si je serais à la hauteur.

- Jo sait à qui elle a affaire, dit Chris. Si elle t'a choisi c'est qu'elle, elle le pense.

- Je l'espère…. Mais au fait, tu t'es marié super jeune toi, Chris, fit remarquer Steve, brusquement. Tu n'as pas eu peur ?

- D'autant que les sœurs Norram ne sont pas faciles ! renchérit Mathieu, hilare.

- Pas faux, répondit Chris en souriant.

- Pourquoi tu as épousé Keli aussi vite ? reprit Steve.

- Parce que je savais que c'était elle, dit Chris sans la moindre hésitation.

- Pourtant tu ne manquais pas de prétendantes, ajouta Cédric.

- C'est vrai, mais elle j'ai tout de suite vu qu'elle était spéciale. Je n'avais pas besoin d'attendre plus pour en être certain.

- Et c'est moi le canard ? lâcha Cédric.

- Vous avez quand même une drôle de relation, commenta Steve.

Chris sourit et but une grande rasade de champagne.

-        On a une relation vraie. Sans filtre, dit-il simplement. Et elle sait parfaitement jusqu'où je pourrais aller pour elle et pour préserver ce qu'on a.

***

Keli était déjà sur le chemin du retour du week-end d'enterrement de vie de jeune fille de Johanna lorsqu'un numéro qu'elle ne connaissait pas tenta de la joindre à plusieurs reprises. Intriguée, elle finit par se garer et rappela la personne. Il s'agissait de Coralie, la petite-amie de Mia qui cherchait à savoir si Keli avait des nouvelles d'elle. En effet, Mia avait purement et simplement disparu depuis vendredi et Coralie avait d'abord cru qu'elle était allée rejoindre Keli pour la fête de Johanna. Seulement le téléphone de Mia sonnait dans le vide et elle était partie sans sa voiture, ce qui était doublement étrange compte tenu du caractère reculé du lieu dans lequel elles vivaient. Keli lui répondit qu'elle n'avait pas plus de nouvelles, mais qu'elle la tiendrait au courant. Elle essaya de ne pas avoir l'air trop angoissée et raccrocha après avoir rassuré la jeune femme. Seulement elle, elle n'était pas si rassurée que cela. Un million de questions se bousculaient dans sa tête sachant comme Jordan pouvait s'avérer dangereux. Elle se demandait si Chris était retourné voir Mia ou s'il l'avait eue au téléphone. Elle émit également l'hypothèse selon laquelle son amie aurait encore pris la fuite, par peur ou sur un coup de tête. Cela faisait beaucoup de suppositions et Keli se dit que le mieux était encore de rentrer, en espérant que son fiancé était déjà là. Elle reprit donc la route, incapable de penser à autre chose qu'à la nouvelle disparition de Mia.

Lorsqu'elle arriva chez elle, Chris était effectivement présent. Il était occupé à faire des tractions et Keli lui demanda s'il savait où était passée Mia, ce à quoi il répondit négativement. Il affirma ne pas l'avoir vue depuis qu'ils s'étaient rendus tous les deux à la ferme et reprit tranquillement ses exercices. Keli monta défaire sa valise, puis elle décida d'aller prendre une douche. L'eau était brûlante, comme toujours. Pourtant, elle frissonna en repensant à la boue sur les chaussures de son futur mari, deux jours auparavant.

XII

Chris était en train de manger une pizza chez Jordan lorsqu'il avait reçu l'appel de Mia. Elle lui avait signifié que sa visite avec Keli l'avait remuée et qu'elle avait besoin d'un petit remontant. Chris avait affiché une mine étonnée, mais lui avait promis de faire le nécessaire avant de raccrocher.

- C'était Mia, avait-il dit en se reservant de la pizza.

- Elle voulait quoi ? avait demandé Jordan, inquiet.

- De la coke. Apparemment elle n'a pas perdu ses vieilles habitudes.

Jordan était resté silencieux un moment, puis avait affiché un grand sourire de satisfaction.

- Parfait, je vais te fournir.

- Je pensais demander à Shorty, avait répondu Chris, surpris. Je me doute que tu n'as pas envie de la dépanner.

- Au contraire. C'est l'occasion que j'attendais.

- C'est-à-dire ?

- Coke frelatée mon gars. On tient l'occasion parfaite de se débarrasser d'elle. Je te file un petit mélange de ma composition, tu lui apportes et elle nous fera une jolie overdose. Ce ne sera pas la première à crever d'avoir sniffé de la merde.

- Bon plan, lui avait répondu Chris après quelques secondes de réflexion.

Jordan avait ainsi mis son plan à exécution et remis à Chris un petit sachet transparent pour sa prochaine rencontre avec Mia. C'était peu avant le week-end d'enterrement de vie de jeune fille de Johanna et depuis, personne n'avait revu l'ancienne danseuse.

Le matin du mariage de Steve et Johanna, Keli s'était réveillée de bonne heure pour passer en revue la liste des choses qu'elle avait à faire. Johanna et Abi étaient supposées venir se préparer chez elle et Keli avait, à cet effet, prévu une coiffeuse et un maquilleur. Chris s'était réveillé avant elle, et elle le trouva en train de prendre son petit déjeuner, en costume, lorsqu'elle descendit dans le salon.

-       Tu es déjà prêt ? s'étonna-t-elle.

-       J'ai un truc à régler vite fait et je me suis dit que tu allais m'arracher la tête si je ne me préparais pas avant, répondit Chris en souriant.

-       Tu es parfait mon amour, dit Keli en l'embrassant. Déjà un stress en moins et j'adore ton costume.

-       J'ai hâte de te voir dans ta robe.

-       Et crois-moi, tu as encore plus hâte de voir ce que je porterai en dessous.

Chris eut un sourire lubrique, tandis que Keli prenait place à table face à lui.

-       Chéri, je peux te poser une question ?

-       Je n'aime pas quand tu commences tes phrases comme ça, répondit Chris en se levant pour débarrasser la table et faire sa vaisselle. C'est toujours synonyme de problèmes.

-       Pourquoi tu avais de la boue plein tes chaussures la semaine dernière ? demanda Keli en ignorant totalement sa remarque.

-       Je te l'ai dit, je visitais un domaine.

-       Pourquoi faire ?

-       Tu poses trop de questions.

-       Chris !

Chris continua sa petite vaisselle, sous le regard agacé de sa future femme. Lorsqu'il eut fini, il s'empara de son téléphone, le déverrouilla et se dirigea tranquillement vers elle, lui collant l'écran sur le nez.

-       C'est quoi ? demanda Keli les sourcils froncés.

-       Un club de strip-tease, ironisa Chris.

-       Trop drôle !

-       Arrête de poser des questions et regarde.

Chris fit défiler les photos d'un superbe domaine comprenant un vaste château et des vignes. Keli n'avait jamais vu cet endroit, mais en tomba immédiatement amoureuse.

-       C'est effectivement le domaine d'un nouveau client, expliqua le jeune homme. J'ai dû le travailler au corps, mais il accepte de me louer l'endroit pour notre mariage. Il y a suffisamment de chambres pour loger nos invités et il y a une salle de bal. On peut aussi faire la cérémonie dehors si tu préfères. Je voulais te faire la surprise, mais comme tu te mêles toujours de ce qui ne te regarde pas….

Keli se mordit l'intérieur de la joue pour ne pas sourire. Elle avait pensé à toutes les hypothèses, mais certainement pas à celle-là. Leur premier mariage avait été simple et plutôt rapide. Un passage en mairie et un dîner au restaurant offert par les parents des mariés, au grand dam du père de Chris qui avait espéré une grande fête durant laquelle il aurait pu se faire valoir pour impressionner la galerie. Aujourd'hui, l'avocat voulait faire les choses différemment et contenter sa future femme à tout prix.

-       Tu aimes ? hasarda-t-il.

Keli se leva et enlaça son fiancé.

-       J'adore. Et je t'adore toi, dit-elle avant de l'embrasser.

-       Très bien, comme ça tu vas arrêter de me fliquer et d'imaginer que j'ai caché un corps ?

-       Je ne vois pas de quoi tu parles, rétorqua-t-elle en baissant les yeux.

- Mais oui c'est ça, prends-moi pour un con…. Bref, je te rejoins à l'église, sauf si tu as prévu de me filer ?

Keli plissa les yeux. Elle se sentait piquée, mais n'était pas en mesure de répondre puisqu'il n'avait pas vraiment tort. Chris eut un petit sourire en coin, déposa un baiser sur la joue de sa future femme et quitta la maison en emportant ses clefs avec lui.

***

Lorsque Chris arriva en bas du bâtiment de Jordan, il le trouva en train de réparer sa voiture qui faisait un bruit étrange depuis quelques jours. C'était rare de le trouver réveillé si tôt et Chris se fit la réflexion qu'il ferait bien de rester à l'écart pour ne pas tâcher son costume.

- Tu vas où avec ta tenue de pingouin comme ça ? lança Jordan en jetant un œil à son ami.

- Un cocktail chez un client. Tenue de bourges exigée.

Jordan rit et referma le capot de sa voiture. Il verrouilla le véhicule et rentra dans son immeuble, suivi par Chris. Ils entrèrent dans son appartement et Jordan le laissa quelques instants pour se laver les mains. À son retour, l'avocat était installé à table, occupé à rassembler de la poudre blanche en une ligne régulière.

- Dès le matin ? Elle promet d'être casse-couilles ta fiesta ! lança Jordan en déposant une bouteille de rhum, du sucre de canne et un citron vert sur la table.

- Tu n'imagines même pas ! J'ai besoin d'être bien là, répondit Chris, concentré.

- Et tu comptes décoller seul ? hasarda Jordan.

Chris leva les yeux vers lui, sourit et lui balança un petit sachet transparent avant de sniffer le rail qu'il venait de se préparer. Jordan prépara deux ti punchs, en servit un à Chris et porta son attention sur le contenu du sachet qu'il versa devant lui, sur table.

- Des nouvelles de Mia ? demanda-t-il soudainement.

- Ses parents ont appelé Keli hier soir. Elle a chialé toute la soirée.

- De quoi te niquer ton coup, répondit Jordan avant d'inhaler toute la poudre qu'il avait disposée.

\-   Ouais, j'ai dû lui offrir une épaule compatissante.

\-   Pourquoi tu t'emmerdes avec elle ?

Chris ne répondit pas. Il ne toucha pas non plus à son verre, occupé à observer Jordan qui ajoutait du sucre au sien.

\-   Mec, on se connait depuis combien de temps ? finit-il par demander.

\-   Je ne sais pas, vingt-cinq ans je dirais, répondit distraitement Jordan.

\-   Une éternité, dit Chris, le regard perdu.

\-   Eh oui mon pote, on est comme des frères.

À cet instant, Chris se mit à fixer intensément Jordan qui souriait.

\-   On n'est pas comme des frères, répondit-il avec gravité. On est frères. Et tu l'as toujours su, enfoiré !

\-   T'es moins con que ce que je pensais au final, déclara Jordan sans lever les yeux du verre qu'il touillait avec soin. Comment t'as fini par comprendre ?

-    Disons que j'ai fait des rencontres intéressantes en Guadeloupe. Comme ta demi-sœur, Sarah. Elle croyait que je savais que mon père avait tiré ta salope de mère et que toi tu étais le bâtard qu'ils avaient engendré ensemble.

-    Ce n'est pas très gentil de parler de ton frangin de cette manière, dit Jordan en souriant.

-    Pas plus que les coups de pute que tu me fais depuis qu'on est gosses pour assouvir ta frustration de détraqué.

-    Je ne suis pas détraqué. Je n'ai juste pas eu de chance.

-    La chance de quoi ? De te faire tabasser tous les jours par ce connard violent ? Si tu envies ça c'est que t'es encore plus taré que ce que je pensais.

-    Toi t'as eu des parents, le fric, les bonnes écoles. Il t'a même donné du blé parce que t'as épousé ta pouffiasse de Keli. Et puis il ne m'aurait pas frappé moi. Toi il te battait parce que t'as toujours été un putain de faible ! Une baltringue. Moi je suis un dur, comme lui.

Chris éclata de rire et regarda Jordan qui avala le contenu de son verre d'une traite.

\-   Paul Calvin était un faible qui tabassait sa femme et son gamin. Il tabassait aussi ta garce de mère si tu veux tout savoir.

\-   Elle le méritait.

\-   En fait t'as raison, t'es comme lui, deux malades.

\-   C'est moi qu'il aurait dû élever au lieu de me laisser dans la dèche et dans l'anonymat. C'est moi qui aurais dû avoir tout ce que tu as.

\-   Et donc tu t'es appliqué à me gâcher la vie pour rétablir les comptes ? C'était pour ça Mia ?

Jordan ricana.

\-   Je me suis tapé toutes tes gonzesses à l'exception de ta précieuse Keli. J'ai fait foirer toutes tes histoires, mais tu t'en fichais puisque qu'aucune ne t'intéressait vraiment avant elle. Ce soir-là je l'aurais baisé dans tous les sens si elle n'avait pas eu le temps de filer. Je t'aurais même fait une petite vidéo pour que tu vois le pied qu'elle aurait pris. Et puis j'ai vu l'autre connasse de Mia et je me suis dit que si tu te la faisais, ta Keli partirait. Mais même défoncé t'as pas voulu la toucher. T'arrêtais pas de répéter que tu aimais ta femme. Alors je m'en suis occupé pour toi.

-        T'as violé Mia dans la pièce où je dormais pour que je pense que c'était moi ?

-        J'ai donné à cette conne ce qu'elle méritait c'est tout. Remarque c'était marrant de se la faire sur le lit où tu pionçais en faible que tu es... À quelques centimètres de toi. Tu aurais dû goûter, elle était bonne. Mais pas autant que ta pute je pense.

Chris hocha la tête et demeura silencieux quelques instants. Puis il se pencha lentement vers Jordan, plongeant son regard dans le sien.

-        Keli... ma femme s'appelle Keli. Et c'est la dernière fois que tu lui manques de respect.

-        Sinon quoi tu vas me tuer ? rétorqua Jordan d'un air de défi.

-        Moi ? Pourquoi faire ? Bientôt tu fermeras ta gueule pour de bon, dit Chris, l'air serein.

Jordan fronça les sourcils avant d'être subitement pris de bouffées de chaleur. Il se mit à transpirer abondamment et eut brusquement le souffle court.

-        Qu'est-ce que t'as fait, enculé ? balbutia Jordan.

- Retour à l'envoyeur, murmura Chris en regardant le petit sachet en plastique transparent, désormais vide.

- T'as pas tué Mia… ? Connard !

- Pourquoi j'aurais fait ça ? C'est toi le criminel. T'es comme la gangrène, Jordan. Tu pourris tout ce que tu touches. Je pense qu'il est grand temps que ça s'arrête. D'autant que Mia n'est pas la première dont tu abuses.

- Alors tu vas me laisser crever pour ces pouffiasses ?

- Mais non mon frère, je ne vais pas te laisser crever. Tu vas avoir une longue vie, crois-moi.

Chris sourit et sortit son téléphone qui était en train de sonner.

- Oui ma puce ? lança-t-il en décrochant. J'arrive bientôt, le temps de régler un dernier détail.

Jordan, qui était en train de suffoquer, tomba de sa chaise, s'effondrant sur le sol. Chris regarda sa montre, attendit quelques instants encore et passa un coup de fil avant de venir s'accroupir près de Jordan.

\-   Je te laisse, j'ai un mariage auquel je dois assister. À plus tard…frangin, dit-il avant que la vision de Jordan ne se trouble et qu'il perde connaissance.

***

\-   Ah tu es là ! s'exclama Keli, soulagée.

\-   Désolée ma puce, ça roulait mal. J'ai croisé le SAMU en pleine intervention. Sûrement un accident.

Keli sourit et embrassa son futur époux avant de pénétrer dans l'église à son bras. Il alla s'installer au premier rang, aux côtés de Naomi et Patrick Norram, tandis que Keli prenait place près de l'autel. Abi la rejoignit bientôt, dans une robe longue noire, très élégante. Quelques instants plus tard, la marche nuptiale débuta. Steve se redressa et toute l'attention de l'assistance se porta sur l'entrée de l'église. Seulement personne ne parut et l'organiste reprit la musique depuis le début. Mais Johanna ne paraissait toujours pas. Croisant le regard angoissé de Steve, Keli remonta l'allée quasiment en courant et parcourut les couloirs de la bâtisse à la recherche de sa sœur. Elle tomba alors nez à nez avec Louise, sa collègue, qui hurlait à travers une porte.

- Louise ? dit-elle avec étonnement. Qu'est-ce que tu fais là ?

- Steve est à moi ! cria-t-elle. Je ne laisserais pas ta garce de sœur me le prendre.

- Pardon ? Mais t'as pété un câble ou quoi ? D'où tu connais Steve ?

- Je suis son ex. Enfin plus pour longtemps.

De l'autre côté de la porte, Johanna hurlait en tirant sur la porte de la pièce dans laquelle Louise l'avait enfermée. Keli se précipita sur elle et lui arracha la clef des mains. Elle était occupée à délivrer sa sœur lorsqu'elle vit sa collègue se sauver en courant. Entendant le verrou sauter, Johanna ouvrit la porte d'un coup sec, son voile sur la tête.

- Mais enfin qu'est-ce qu'il se passe ici ? demanda Keli, déboussolée.

- C'est elle, ragea Johanna. L'ex complètement folle de Steve, c'est elle ! Tu te rends compte ! Attends que je mette la main sur elle !

- Non ! Mais quelle faux cul, lâcha Keli abasourdie. Depuis le temps que je la connais !

- Je vais me la faire ! s'écria Johanna en ôtant ses escarpins blancs.

- Non, Jo, elle est sûrement partie. Va te rafraîchir un peu et on y va.

- Elle est dans l'église Kel' ! Je vais me la faire je te dis !

Johanna lâcha ses escarpins sur le sol, attrapa le dessous de sa robe volumineuse et se mit à courir en direction de la salle où était supposée se tenir la cérémonie. Keli ramassa les chaussures de sa sœur dans une main, attrapa les siennes dans l'autre et courut après sa sœur. Lorsqu'elle arriva dans la salle, elle trouva Louise en train de supplier Steve devant une quarantaine d'invités estomaqués. Johanna remontait l'allée, la robe relevée, les traits tirés. Chris se tourna vers Keli qui arrivait à son tour et il comprit, à son regard, que les choses s'apprêtaient à déraper davantage. Louise continuait à parler sous le regard désemparé de Steve qui ne semblait pas savoir quoi faire. C'est alors que Johanna l'agrippa par les cheveux, la faisant chuter au sol. La mère de Steve se sentit défaillir, tandis que Johanna traînait Louise dans l'allée par sa chevelure. Abi se précipita vers Johanna pour aider Keli qui tentait d'obliger sa sœur à lâcher l'ex de Steve. Louise poussait des cris stridents d'animaux et Johanna ne semblait pas décidée à abandonner sa proie. Chris fit signe à Cédric et ils se dirigèrent ensemble vers Johanna. Cédric maîtrisa ses mains, tandis que Chris la souleva par la taille, l'emportant hors de l'église. Johanna tenta de se dégager, mais son beau-frère était clairement plus fort qu'elle. Il la déposa dehors, sur le trottoir devant la bâtisse et la maintint par les épaules jusqu'à ce qu'elle retrouve la raison.

- C'est bon, tu es calmée ? finit-il par demander lorsqu'elle cessa enfin de s'agiter.

- Je vais la tuer. Elle vient de gâcher mon mariage, marmonna Johanna, le regard sombre.

- Eh ! regarde-moi. Elle n'a rien gâché du tout. Steve t'aime. Keli et Abi vont faire déguerpir Louise et toi et moi on va retourner à l'intérieur, tu vas te rafraîchir un peu pour être la plus belle pour ton futur mari et vous allez reprendre là où vous en étiez restés, on est d'accord ?

- Mais s'il a changé d'avis ? dit Johanna au bord des larmes.

- Jo, fais-moi confiance. Tu te calmes et on y retourne.

Johanna regarda Chris dans les yeux et sa colère retomba brusquement. Elle se blottit quelques instants dans ses bras et il la ramena à l'intérieur. Pendant ce temps, Abi et Keli, aidées de Cédric, étaient parvenues à faire sortir Louise, qui pestait toujours. Comprenant que Louise ne se calmerait pas, Keli fit appeler la police. Cédric décida de rester surveiller Louise pour qu'Abi et Keli puissent rejoindre Johanna dont le maquillage avait coulé. Les deux jeunes femmes entreprirent de refaire une beauté à Johanna et tous furent soulagés d'entendre une voiture de police arriver assez rapidement. Naomi Norram alla rejoindre sa fille pour s'assurer qu'elle allait bien. Le calme retomba enfin et Johanna put faire son entrée au son de la marche nuptiale. Déboussolé, le prêtre dut prendre quelques instants pour reprendre ses esprits et la cérémonie put enfin se dérouler, sans autre incident. À la sortie de l'église, Keli retrouva Chris qui se tenait à l'écart sur le trottoir, le téléphone à l'oreille. Il écouta sans parler, puis remercia et raccrocha.

-       Mon Dieu, quelle cérémonie, dit Keli en se réfugiant dans ses bras.

-       Quelle journée tu veux dire ! renchérit Chris.

-       Heureusement que tu étais là. Sans toi, Johanna aurait sorti les tripes de Louise avec les piques de son diadème !

-       Tu savais qu'ils avaient été ensemble, avec Steve ? demanda Chris, encore sous le choc.

-       Pas du tout ! Pourtant Louise a déjà vu Jo plein de fois, jamais elle n'a rien laissé paraître.

-       Dire qu'il nous avait parlé de son ex pendant son week-end d'enterrement de vie de garçon, mais je n'aurais jamais pensé à Louise ! Remarque, ses frères étaient unanimes pour dire qu'elle était folle…. En voici la preuve !

-       Ouais… En attendant, moi j'ai une tarée dans mon cabinet qui veut la peau de ma sœur ! répondit Keli partagée entre désespoir et rire.

-       Tu vas trouver une solution, ma princesse. Et puis au pire tu peux toujours rejoindre le cabinet du célèbre et très brillant Maître Calvin, dit Chris en serrant Keli contre lui.

-       Andouille va !

Chris rit, se détacha de sa future femme et prit un air grave.

-       Au fait, dit-il, Jordan a fait un AVC.

Keli resta silencieuse quelques instants, scrutant attentivement son fiancé. Elle lisait en lui comme dans un livre ouvert et cette absence totale de compassion lui confirma ce qu'elle savait déjà.

- Il va s'en sortir ? demanda-t-elle pour la forme.

- Paralysé à vie. Il ne pourra plus parler non plus. C'est triste, dit Chris, le visage inexpressif. J'irai le voir lundi.

Keli ne répondit pas. Elle tourna la tête pour apercevoir Mia qui leur faisait signe, de l'autre côté du trottoir, dans une robe rose poudré. Chris lui rendit son « *coucou* » et Keli enroula ses bras autour de sa taille, plongeant son regard dans le sien.

- Merci mon amour, souffla-t-elle, l'air soulagé avant d'embrasser le jeune homme.

www.neltintanegra.fr

Facebook : Nèl Tinta-Négra – Auteure

Instagram : neltintanegra

Printed in Great Britain
by Amazon